やせます。

その上で、短歌にはお勧めできるポイントがたくさんあるので、それを改めて紹介します。まず､紙と筆記用具があれば準備が整うことです。スマホのメモ機能を使うひともいます。思いついたら即、実行できます。内容は思いついたどんなことでもＯＫ。どんなにたくましい想像力でも、五七五七七という形は受け止めることができます。未来への意志をうたうことも、逆に過去を言葉に蘇らせることも出来るのです。

次に、すでに他にやっていることがあっても、準備もいらない短歌ですから、それを邪魔せず、ふたつのことだって出来ます。運動をしていて、そこで生まれた思いを詠み込む、なんて洒落た形で両立も可能です。

そして、成果を試す機会が案外あること。自分の書いたものがある程度の水準に達しているのか、作っているうちに考えるようになったら、新聞や雑誌の短歌の投稿欄や、学生の部のある短歌のコンクールに応募すると良いでしょう。こんな手軽に専門家の目に判断をしてもらえるということも、作歌の励みになるはずです。

短歌でなくても良いけれど、短歌だったらこんなに道を広げやすいです。その道の水先案内人の役目の本書です。さあ、一緒に歩いてゆきましょう。

鈴木　英子

中高生のための 短歌のつくりかた 詠みたいあなたへ贈る40のヒント

目次

はじめに　2
本書の読み方　8

第1章　短歌の基本編（ルール）

ヒント1　短歌とは「あなた」です　10
ヒント2　短歌の歴史を知ろう　12
ヒント3　音数の数え方を知ろう　16
ヒント4　さまざまな韻律のパターンを知ろう　18
ヒント5　句切れを知ろう　20
ヒント6　歌のリズムに変化を与える「句またがり」を知ろう　22
ヒント7　より一層イメージがふくらむ「対句」の表現を知ろう　24
ヒント8　詩的な情緒をかもしだす「倒置法」を知ろう　26
ヒント9　印象が異なる「文語」と「口語」、それぞれの効用を知ろう　28
ヒント10　体言止めを有効に使ってみよう　30
ヒント11　新かなづかいと旧かなづかいの違いを知ろう　32

コラム1　新かなづかいと旧かなづかい、文語表現　34

第2章　実践編【コンクールに向けて】

ヒント12　素材集めをしよう　36
ヒント13　焦点を一点に絞ろう　38
ヒント14　着想から作品にするまでの流れを知ろう　40
ヒント15　テーマが与えられているときは　42
ヒント16　短歌づくりをより良くするためのコツを知ろう　44
（1）友達を詠んだ短歌　44
（2）家族（祖母）を詠んだ短歌　46
（3）家族（母親）を詠んだ短歌　48
（4）頼まれたおつかいでの出来事を詠んだ短歌　50
（5）部活を詠んだ短歌　52
（6）部活帰りの出来事を詠んだ短歌　54
（7）自分が好きなことを詠んだ短歌　56
（8）ありのままの今の自分を詠んだ短歌　58
（9）恋を詠んだ短歌　60
（10）コロナ禍での作者の学校での様子を詠んだ短歌　62
（11）社会的な事件を詠んだ短歌　64
（12）ハロウィンの日の出来事を詠んだ短歌　66
コラム2　短歌・俳句・川柳の違い　68

第3章　上級編　表現力向上のヒント

ヒント17　読み手の関心を深める「取り合わせ」をうまく使おう　70
ヒント18　歌に心地よいリズムを与える「リフレイン」をうまく使おう　72
ヒント19　読み手に伝わる表現法を考えてみよう　74
ヒント20　特有のイメージが伝わる固有名詞を効果的に使おう　76
ヒント21　オノマトペ（擬音語）を上手に使おう　78
ヒント22　オノマトペ（擬態語）を上手に使おう　80
ヒント23　比喩を上手に使おう（明喩編）　82
ヒント24　比喩を上手に使おう（暗喩編）　84
ヒント25　ひとマス空けを効果的に使ってみよう　86
ヒント26　擬人法を有効に使ってみよう　88
ヒント27　感情ことばを入れてみよう　90
〈悲しい気持ちを表現する〉90／〈嬉しい気持ちを表現する〉91
〈怒りの気持ちを表現する〉92／〈寂しい気持ちを表現する〉93
ヒント28　イメージがふくらむことばや表現を探そう　94
ヒント29　「色」を取り入れて表現してみよう　96
ヒント30　五感を意識して取り入れてみよう　98
〈視覚〉98／〈聴覚〉99／〈嗅覚〉100／〈味覚〉101／〈触覚（皮膚感覚）〉102

ヒント31 有名な作品を引用してみよう 104
ヒント32 他人が言った一言をそのまま取り入れてみよう 106
ヒント33 他人の話を取り入れてみよう 108
ヒント34 つぶやきを詠み込んでみよう 110
ヒント35 数字を有効に使ってみよう 112
コラム3 主なカラーに付帯するイメージ一覧 114

第4章 上達するための楽しい習慣

ヒント36 名歌鑑賞をして感性、表現力を磨こう～監修者おすすめの歌人、短歌～ 116
ヒント37 吟行に出かけよう 118
ヒント38 歌会に参加しよう 120
ヒント39 短歌日記を書こう 122
ヒント40 ジュニア短歌大会・コンクールに参加しよう 124
本書掲載作品の歌人のプロフィール 126

本書の使いかた

⑤例歌から学べるチェックポイントなどを解説しています。

③例歌について解説しています。

①このページで解説するテーマです。

②テーマに沿った短歌（例歌）を掲載しています。

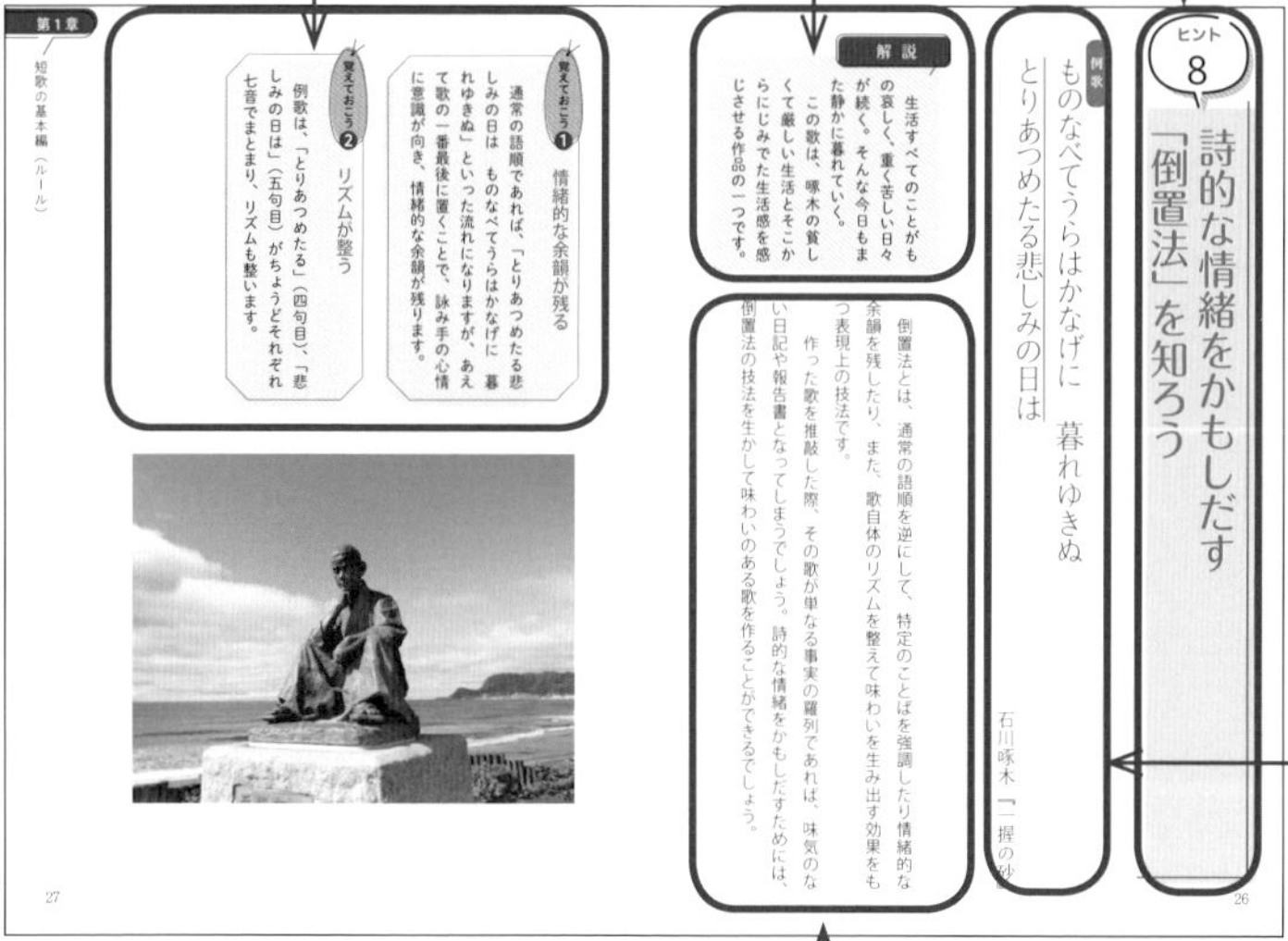

④テーマについて解説しています。

添削例がある場合

⑤添削後の歌を掲載しています。

②原作が詠まれた背景やそのときの気持ち、その歌の意味などを解説しています。

①添削を受ける前の原作を掲載しています。

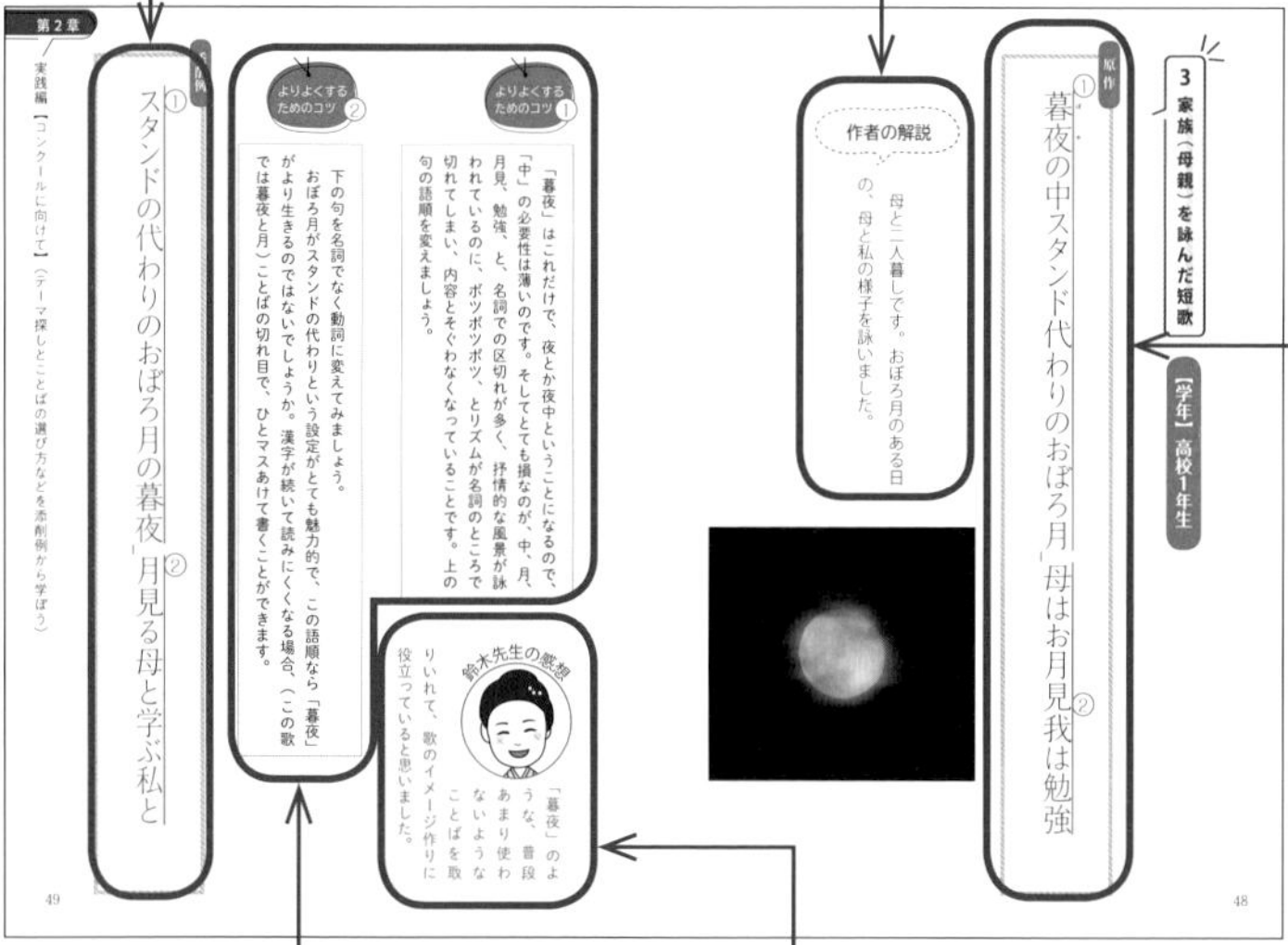

④原作をよりよい歌にするためのチェックポイントを解説しています。

③監修者の原作を詠んだ感想が書かれています。

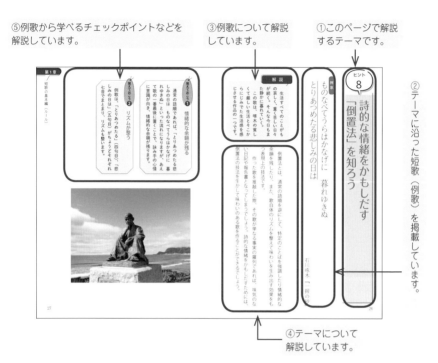

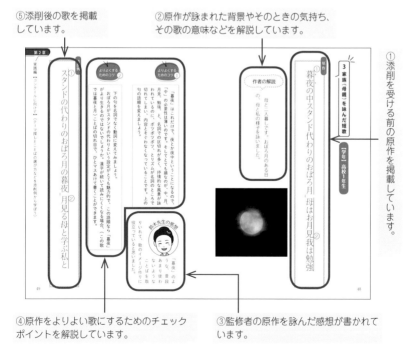

第1章

短歌の基本編（ルール）

ヒント1

短歌とは「あなた」です

例歌

ことごとく夢には扉《とびら》が立つというああ嘘《うそ》つきはわたしの始まり

鈴木英子『油月』

解説

思い通りにゆかないとき、自分の能力のなさや、かなわない相手に気づいたとき、認めるのが嫌《いや》だったんですね。夢には扉が立っていて、開けようとする人を拒《こば》む扉だからひらくのは難しいよ、と。力が足りないことを自分に誤魔化《ごまか》そうとする私。そんな私も私だよね、と、「嘘つきは泥棒《どろぼう》の始まり」のことわざを背景に、弱い私も歌の主人公に仕立てています。

覚えておこう❶　テーマに制約はない

短歌は、五・七・五・七・七の合わせて三十一の音律で表現される定型詩です。あなたが感じたこと、見たこと、思っていること、何でも表現でき、あなたが伝えたい内容・テーマに制約はありません。

覚えておこう❷　表現方法はさまざま

短歌の中で使われることばは、口語でも文語でも、新かなづかいでも旧かなづかいでも、ひらがなでもカタカナでも漢字でもアルファベットでも、どれをどのように使ったり組み合わせたりしても自由です。あなたらしい表現方法で作ってみましょう。

「短歌」とは、あなたです。頑固《がんこ》なあなた、人目が気になるあなた、真っ直ぐなあなた、お茶目なあなた、弱気なあなた、お人好しなあなた、涙《なみだ》もろいあなた、家族や友達が好きなあなた、家族や友達に少し距離《きょり》を感じるあなた。

「あなた」にはたくさんの顔があって、短歌はそのどの顔もうたえます。

自分で自分の顔を描《か》いたり、気づいたりする不思議な楽しさが短歌を作ること、詠むことです。

この不思議で楽しい短歌の世界に、さまざまな「あなた」を記していきませんか。

ここに書かれていることは、より、「あなた」を確かに伝えるためのお手伝いです。現在も未来も、そして短歌は過去も伝えられます。この自由自在な短歌という表現を一緒《いっしょ》に味わってゆきましょう。

ヒント2

短歌の歴史を知ろう

短歌は、一三〇〇年を経た今日も多くの人々に親しまれています。短歌の歴史を、それぞれの時代の事柄を中心に見ていきましょう。

古代~奈良・平安時代~

古代（飛鳥・奈良・平安時代）

短歌は飛鳥時代（五九二年~七一〇年）に始まりました。特に奈良時代（七一〇年~七九四年）には、『古事記』や『日本書紀』が編纂されましたが、その中に「記紀歌謡《ききかよう》」と言われる、形は片歌《かたうた》（※1）、短歌、旋頭歌《せどうか》（※2）、長歌《ちょうか》（※3）などに当たるものが多く所収されました。また、『万葉集』全二〇巻が編纂されました。このなかには約四五〇〇首が収められており、現存する最古の歌集とされています。さらに、平安時代前半の九〇五年に醍醐天皇の勅命によって編纂された『古今和歌集』は、わが国で初の勅撰《ちょくせん》和歌集です。二〇巻で構成されており、九一三年ごろの成立とされています。平安時代の短歌（和歌）は、主に貴族階級の人々のたしなみの一つとして詠まれていました。

奈良・平安時代に生まれた主な作品

「記紀歌謡」（『古事記』および『日本書紀』〈どちらも奈良時代〉所収の歌謡）
『万葉集』（奈良時代／現存する日本最古の歌集）
『古今和歌集』（平安時代／日本最初の勅撰和歌集）

※1：片歌：上代歌謡の一形式で、五・七・七の三句形式を言う。二度繰り返せば旋頭歌になる。
※2：旋頭歌：和歌の歌体の一種で、五・七・七・五・七・七の六句からなる民謡の一つと推測される形式のものを言う。
※3：長歌：五・七／五・七／五・七と三回以上五・七をくり返し、最後を五・七・七で終わる形式で詠われる。

中世（鎌倉・室町・安土桃山）

平安時代末期の頃から短歌は、前時代のものと比べて、心の動きを表現する方向を強めていきました。中でも、リズムと映像的な効果から醸し出される、あとあとまで残る印象深いしみじみとした味わい（幽玄）を詠んだ歌が多く残されました。

鎌倉時代には、後鳥羽上皇の勅命をうけた藤原定家らによって『新古今和歌集』が編纂されました。最終的な完成は一二一〇年以降だと考えられています。私たちに馴染みのある『小倉百人一首』も藤原定家によって編纂されました。そのほか、この時代には西行の私歌集である「山家集」、鎌倉幕府三代将軍・源実朝の私歌集である『金槐《きんかい》和歌集』などが誕生しました。室町時代には藤原為定が撰した『新千載《しんせんざい》和歌集』や、二条為明が主に撰した『新拾遺《しんしゅうい》和歌集』など、さまざまな勅撰和歌集がつくられました。

この時代に
生まれた
主な作品

『新古今和歌集』藤原定家・源通具《みなもとのみちとも》ら
『山家集』西行
『金槐和歌集』源実朝
『新千載和歌集』藤原為定
『新拾遺和歌集』二条為明

近世（江戸時代）

江戸時代は、新たな和歌集の編纂などの目立った事績はありませんが、万葉集の研究が進み、万葉調歌人が多く輩出されました。特に国学者でもある賀茂真淵や村田春海、良寛などが有名です。一方で、この時代には狂体の和歌とされる狂歌《きょうか》が流行しました。

狂歌とは、五・七・五・七・七の五句で構成された、社会風刺や皮肉、滑稽を盛りこんだ和歌のことです。この狂歌は庶民の間で大流行し、多くの優れた狂歌師が活躍しました。

この時代に
生まれた
主な作品

『蓮《はちす》の露《つゆ》』（貞心尼《ていしんに》／一八三五年）

※良寛歌集及び良寛・貞心唱和の歌などが収められている

近代（明治・大正・昭和半ばまで）

明治時代になりますと、歌の特徴として、これまでよりもさらに自由で個性的な短歌が詠まれるようになりました。正岡子規《まさおかしき》（※1）や与謝野晶子《よさのあきこ》（※2）らがこの時代の代表的な歌人です。特に正岡子規は、それまでの言葉遊びや修辞技巧を用いる形式的な和歌への批判を強め、写生を主とする和歌（短歌）の改革運動を展開しました。一般的に現在では、明治より前の作品を「和歌」と呼び、明治以降の作品を「短歌」と呼んでいます。

この時代に生まれた主な作品

歌集『みだれ髪』（与謝野晶子／一九〇一年）　歌集『一握《いちあく》の砂』（石川啄木《いしかわたくぼく》（※3）／一九一〇年）
歌集『雲母集《きららしゅう》』（北原白秋《きたはらはくしゅう》（※4）／一九一五年）　歌集『赤光《しゃっこう》』（斎藤茂吉《さいとうもきち》（※5）／一九一三年）

注：「※1～5」の作家のプロフィールは、P126～127に掲載しております。

現代（昭和時代・一九五三年以降今日まで）

前の時代（明治・大正・昭和半ばまで）を近代短歌と呼ぶのに対して、一九五三年以降の短歌を現代短歌と呼んでいます。近代短歌が現代短歌として流れをかえるきっかけは、戦後の一九四〇年代後半、和歌にはなかった新しい技法が生み出されたからです。そこには、書き言葉である文語ではなく、話し言葉である口語を使った作品が多く生み出されるようになってきました。そして昨今では、カタカナ語を上手に取り入れ、身近なできごとを感性豊かに表現するなど、和歌や近代短歌とは一線を画す表現力豊かな作品が生み出されています。

この時代に生まれた主な作品

『サラダ記念日』（俵万智／一九八七年）

ヒント3

音数の数え方を知ろう

短歌は、五・七・五・七・七の全体で三十一音で構成します。その音の数え方にはルールがあります。まずはその基本を覚えておきましょう。

例歌

おさなごの服にリュックに翼あり飛べざる翼を与えやるなり

鈴木英子『月光葬』

「リュック」という名詞には、「リュ」という二文字で表すことば（「リ」＋小さな「ュ」）（「拗音《ようおん》」と言います）と「ッ」というつまる音（「促音《そくおん》」と言います）があります。

音数の数え方は、拗音は「リュ」で一音、促音が一音と数えます。

つまり、

リュック＝三音

となります。

ではほかのことばも見てみましょう。

【拗音の例】
写真《しゃしん》（三音）、ジャンケン（四音）、天邪鬼《あまのじゃく》（五音）、屈辱《くつじょく》（四音）、順番《じゅんばん》（四音）

【促音の例】
ビスケット（五音）、ロック（三音）、トランペット（六音）、ダックスフント（七音）、抱《だ》っこ（三音）

例歌

マラソンのスタートラインに残しおく空蝉　うつせみ風に鳴りいよ

鈴木英子『月光葬』

それ以外には、「ン」の音を撥音《はつおん》と言います。

【撥音の例】
レモン（三音）、便箋《びんせん》（四音）、温度計《おんどけい》（五音）、動物園《どうぶつえん》（六音）

また、「ター」と伸ばす音（「長音《ちょうおん》」と言います）、長音「ー」は一文字と数えます。

【長音の例】
ローラー（四音）、ドローン（四音）、1《イチ》ヤード（五音）、プール（三音）、メリーゴーランド（八音）

そのほか、英語やローマ字の場合には、読み方で音の数が決められます。

【英語・ローマ字の例】
Make：メイク（三音）・Make：まけ（二音）、Talk（トーク）（三音）、OMOTENASHI（おもてなし）（五音）、beautiful（ビューティフル）（五音）

ヒント
4

さまざまな韻律《いんりつ》のパターンを知ろう

例歌1（字余り）

いつか、是非、出さんと思ふ本のこと、／表紙のことなど（八音）／妻に語れる。

石川啄木『悲しき玩具』

例歌2（字足らず）

夢の沖に鶴立ちまよふ　ことばとはいのちを思ひ出《い》づるよすが（六音）【※6／P127】

塚《つか》本《もと》邦《くに》雄《お》『閑雅空間』

解説［例歌1］

いつかは是非、出そうと思う本のこと、表紙のことなどを妻に語った。
大病を患い、先が危ぶまれる重く苦しい生活にありながらも、自分の本を出すことへの夢を語った短歌です。

解説［例歌2］

夢に見た風景は儚《はかな》くて美しかった。いのちを繋《つな》げてきたことばは、ことばを使ってきた人々のいのちを思い出させてくれるよりどころであるなあ。命は儚くても美しいものだ。

覚えておこう❶

リズムを声にだしてチェックしましょう

リズムをチェックする際は、実際に声にだしてみましょう。例歌1の場合、四句目が八音の字余りです。しかし、声に乗せてみるとリズムの乱れをあまり感じません。字余りの部分を速く読み、無意識のうちに定型のリズムに合わせているからです。悩んだ場合は声にだしてリズムをチェックするとよいでしょう。

覚えておこう❷

字余りや字足らずをあえて取り入れる

定型は守るという基本姿勢が大切ですが、字余りや字足らずを効果的に使うことにより短歌の魅力が増すこともあります。とくに字足らずは、韻律の欠落感が特殊な効果を生みますが、使うときは字余りよりも、より注意して使う必要があります。

韻律とは、短歌の音のリズムを言いますが、定型の五・七・五・七・七にあてはまらないパターンがあります。五・七・五・七・七の定型で詠むというのが短歌の基本ですが、つねに定型ぴったりでなければいけない、というわけではありません。定型より音数の多いものを「字余り」、少ないものを「字足らず」と呼びます。定型はできるだけ守ったほうがよいですが、このことばをどうしても使いたいという場合や、この想いを表現するにはこのリズムのほうがしっくりくるという場合は字余りや字足らずを取り入れてみましょう。

ヒント 5

句切れを知ろう

例歌

天高く工事中なるビルの灯《ひ》や　明日のわたしは抱《いだ》かれている

鈴木英子『油月』

天高く／工事中なる／ビルの灯や／明日のわたしは／抱かれている

この歌は、切れ字＋《プラス》一字空きの短歌です。切れ字の部分が句切れ（三句切れ）となります。

句切れの効果としては、意味の上で一旦《いったん》空白を生むことで、読み手のイメージを膨《ふく》らませ、続く句によって強い心象や感動を与えることができます。しかし、すべての歌に句切れがあるわけではありません。句切れのない歌もあれば、一首の中に複数の句切れのある歌もあります。

解説

工事中のビルを灯す明かり。完成を目指して夜も作業が続いているんだなあと見上げます。ここで句切れです。句切れによって実際の光景から、見上げる私自身の心へと内容を移します。着々と完成へ向かうものを作る人たちがいる。明日の私も、大きな力に抱かれて生きているのだと、命を吹き込まれつつあるビルに、思わず自分を重ねたくなりました。

覚えておこう❶
句切れのない短歌

「なにとなく君に待たるるここちして出《い》でし花野の夕月夜《ゆうづきよ》かな」　与謝野晶子《よさのあきこ》『みだれ髪《がみ》』

【なんとなく好きなあなたに待たれているような気がして、秋草の咲く野に出てきたら、夕方の空に月が浮かんでいた】

感動を表す言葉「かな」を最後において、句切れなしの歌になっています。初句から結句までが一連の流れとして詠《よ》まれています。

覚えておこう❷
複数の句切れがある短歌

玉の緒よ／絶えなば絶えね／ながらへばしのぶることの弱りもぞする（式子内親王《しきしないしんのう》［※］）

【（私の）命よ、絶えてしまうのならば絶えてしまうがよい。どうせこのまま長く生きていても、耐え忍《たしの》ぶ力が弱まって（心に秘めた恋《こい》がばれて）しまいそうだから】

初句・二句切れの短歌です。高ぶった感情を表現したりするときには効果的です。高度なテクニックが必要ですが、慣れてくればチャレンジしてみましょう。

※後白河上皇の皇女で、鎌倉時代初期の女流歌人の第一人者。

ヒント 6

歌のリズムに変化を与える「句またがり」を知ろう

例歌

言葉のないくらいがなんだろ桃の子はこんなにわらっているではないか

鈴木英子『油月』

音の句切れと意味（文節）の句切れが異なる場合を「句またがり」と呼んでいます。短歌に独特なリズムを生む技法として、イメージの変化や印象づけ、その短歌の持つ世界観の広がりを演出することができます。

解説

普通じゃないことがなんで悪いの？　言葉が喋れない（普通の子ではない）この子だって楽し気に笑っているではないか？「桃の子」は小さなふっくらとした女の子が想像できます。

覚えておこう❶

歌のリズムに独特の変化を生み出す

例歌では、初句から二句にかけて句またがりがあります。「言葉のないくらいが」「なんだろ」が本来の言葉の分かれ目です。「言葉のない」で何？　と読み手は思い、「くらいがなんだろ」とその普通ではないことを跳ね返すようなリズムに乗せています。

覚えておこう❷

強い印象を与えて読み手の興味を引く

いろいろな子がいて、その子の一部分が人と違うことを「くらいが」と二句目で強調しています。定型の韻律に捉われないからこそできる自由な表現の強みが出せます。

ヒント7

より一層イメージがふくらむ「対句」の表現を知ろう

例歌

きさらぎの雨となるともきさらぎの雪となるとも寝てあり給へ

与謝野晶子『青海波《せいがいは》』

解説

二月（旧暦）は、（産後の肥立ちが悪く）雨の日も雪の日も（寒さに耐えながら）寝て過ごした。

その当時の古典和歌では タブーとされていた、産後の苦しみを赤裸々に詠んでいます。

「深い海」「高い山」など、ことばの並べ方を同じにし、音数がほぼ等しく意味が対になっている表現を「対句」といいます。この表現技法は、対になる二つのことばを引き立たせて印象づけると同時に、独特なリズムを生み出す効果があり、古くから使われてきました。

例歌では、「きさらぎの雨」「きさらぎの雪」が対句となっており、雨の日も雪の日もといった時間の経過を強調しています。

覚えておこう❶ イメージがふくらむ

読み手にとっては、単に「二月（旧暦／新暦では二月下旬から四月上旬）の寒い時期に…」といった言い方をされるよりも、「雨」や「雪」といった具体的な表現の方がより一層季節に対するイメージがふくらみます。

覚えておこう❷ 強い印象を与える

「きさらぎの雨」「きさらぎの雪」の「雨」と「雪」の対句に加え、「きさらぎ」（如月／陰暦二月）を二回繰り返す（リフレイン）ことによって「季節」（寒さが厳しい時期）に対して強い印象を与えています。

ヒント 8

詩的な情緒をかもしだす「倒置法」を知ろう

例歌

ものなべてうらはかなげに／暮れゆきぬ／とりあつめたる悲しみの日は

石川啄木『一握の砂』

倒置法とは、通常の語順を逆にして、特定のことばを強調したり情緒的な余韻を残したり、また、歌自体のリズムを整えて味わいを生み出す効果をもつ表現上の技法です。

作った歌を推敲した際、その歌が単なる事実の羅列であれば、味気のない日記や報告書となってしまうでしょう。詩的な情緒をかもしだすためには、倒置法の技法を生かして味わいのある歌を作ることができるでしょう。

解説

生活すべてのことがもの哀しく、重く苦しい日々が続く。そんな今日もまた静かに暮れていく。

この歌は、啄木の貧しくて厳しい生活とそこからにじみでた生活感を感じさせる作品の一つです。

覚えておこう1

情緒的な余韻が残る

通常の語順であれば、「とりあつめたる悲しみの日は　ものなべてうらはかなげに　暮れゆきぬ」といった流れになりますが、あえて歌の一番最後に置くことで、詠み手の心情に意識が向き、情緒的な余韻が残ります。

覚えておこう2

リズムが整う

例歌は、「とりあつめたる」（四句目）、「悲しみの日は」（五句目）がちょうどそれぞれ七音でまとまり、リズムも整います。

ヒント9

印象が異なる「文語」と「口語」、それぞれの効用を知ろう

例歌

いつしかに夏となれりけり。／やみあがりの目にこころよき／雨の明るさ！

石川啄木『悲しき玩具』

解説

いつの間にか夏になっていたんだな。病み上がりの私には（晴れの日の明るさは眩《まぶ》しすぎるから）雨の日の明るさがちょうどいい。

病と闘っていた作者が、ふと気づいたらもう夏になっていた。病み上がりの目には雨の日の薄暗い明るさが優しくて良いと歌いました。

短歌は、口語でも文語でも詠むことができます。口語とは、日常の自然な話しことばを文章にして表現したもので、文語とは平安時代のことばを基本にした書きことばのことを言います。

現在では、口語は一般的に現代語のことを言い、文語は古典で使われることばを指します。

それぞれが短歌で使われる際の効用としては、口語は生の感情を乗せやすく、軽やかさや躍動感がでます。文語は、感情をきめ細やかに描写し、特有の深い響きや格調を伴う表現とされています。

覚えておこう❶

文語は感情を豊かに表現できる

助動詞の「けり」は、「～してきた」というような、過去に起こった事柄が、現在にまで継続してきていることを表したり、「～たのだなあ。」というように、初めてその事実に気がついたことを詠嘆的に表したりすることばです。例歌では「いつしかに夏となれりけり」で、作者の、自分が気づかない間に季節が変わったことに驚きを感じたことを表現しています。

覚えておこう❷

口語は単調な表現になりがちなので注意

例歌の「いつしかに夏となれりけり」を口語で表現した場合の違いを感じてみましょう。

口語では、「いつの間にか夏になった」あるいは「いつの間にか夏になったなあ」と、「けり」を使った場合と比べると、その表現から感じられる豊かさが違うことがわかります。また、音数も五・八と第二句が字余りですが、歌全体のリズムが整っています。

ヒント
10

体言止めを有効に使ってみよう

例歌

ガラス戸のくもり拭《ぬぐ》へばあきらかに寝ながら見ゆる山吹の花

正岡子規『墨汁一滴《ぼくじゅういってき》』

解説

（病床の）ガラス戸のくもりを拭いてとれば、寝ながらでも山吹の花が鮮明に見える。

作者は結核の脊椎《せきつい》カリエス（※）という重い病気にかかっており、歩行すら困難な状況にあって病院に入院することもなく自宅で寝たまま過ごしていました。そんな折に詠んだ一首です。

※脊椎《せきつい》カリエス：結核菌が脊椎へ感染した病気のこと。

短歌には、結句が名詞・代名詞で終わる方法、形容詞や形容動詞、動詞で終わる方法、そのほかに助詞や感動詞（活用しない主語にならないことば）で終わる方法の大きく分けて三通りあります。

名詞・代名詞で終わる方法を「体言止め」と言います。体言止めは、結句のことばや歌全体に余韻や余情を残したり、歌全体のリズムを整えたりする効果があります。

覚えておこう❶

余韻・余情をかもしだす

例歌では、太陽の光を浴びた山吹の花の鮮やかな黄色が作者の目にはいる様子が思い浮かびます。そのように、体言止めは歌に余韻・余情を残します。

覚えておこう❷

歌全体のリズムを整える

例歌は定型の五・七・五・七・七でまとめられており、体言止めで終わることによって全体のリズムが整えられています。

ヒント11

新かなづかいと旧かなづかいの違いを知ろう

例歌

固きカラーに擦れし咽喉輪のくれなゐのさらばとは永久《とは》に男のことば

塚本邦雄『感幻樂』

解説

学生服の襟の白いカラーが擦れて、喉にくれないの輪が浮かんでいます。

これだけで色彩の迫力がありますね。まるで喉を切るようで、歴史の中の命をかけて戦ってきた男たちが浮かんでくるようです。その喉から発する「さらば」。今は性別もかっちり分けたりしませんが、ある時期、こんなふうに男性のダンディズムが眩しく存在したんですね。

短歌には、旧かなづかいと新かなづかいという二つの表記法があります。旧かなづかい（歴史的かなづかい）とは、主に平安中期以前の万葉仮名に基準をおいたかなづかいのことです。新かなづかい（現代かなづかい）とは、旧かなづかいを現代語の発音に近づけて改定したもので、現代語をかなで書き表すときに使います。

短歌は、耳で聴く楽しみと目で読む楽しみという二通りの味わいかたがありますが、近年は視覚的な味わいを愉しむ機会が多くなっています。かなづかいは見た目の印象を左右します。多くの秀歌を読み、自分でも詠むなかで、表現したい想いに添ってくれる表記を選ぶとよいでしょう。ただし、選んだ表記は一首の中では統一する決まりがあります。悩んだときは国語辞典を引いて確かめましょう。具体的にどのような違いがあるかは、P34の「新かなづかいと旧かなづかいの例」を参考にしてください。

さて、例歌では、特に「くれなゐ（い）」という旧かなづかいの印象などが、かつての毅然とした時代の男性像を想起させています。

覚えておこう❶

新かなづかいは現実的・日常的な雰囲気に

新かなづかいは日常的に使う、普段の生活になじんだ表記と言えます。新かなづかいで書かれた短歌は軽やかでシャープな印象を与えます。

覚えておこう❷

旧かなづかいは懐古《かいこ》的・古典的な雰囲気に

例歌のように、旧かなづかいは懐古的・古典的な雰囲気をかもしだします。さらに、優美な雰囲気を漂わせることもできます。

新かなづかいと旧かなづかいの例、文語（古典文法）・過去完了表現

新かなづかいと旧かなづかいの例

新かなづかい	旧かなづかい	新かなづかい	旧かなづかい
青／あお	青／あを	川／かわ	川／かは
上／うえ	上／うへ	香ばしい／こうばしい	香ばしい／かうばしい
植える／うえる	植ゑる／うゑる	蝶々／ちょうちょう	蝶々／てふてふ
えくぼ	ゑくぼ	匂い／におい	匂ひ／にほひ
拝む／おがむ	拝む／をがむ	恥じ／はじ	恥ぢ／はぢ
教える／おしえる	教へる／おしへる	水／みず	水／みづ
買う／かう	買ふ／かふ	柔らか／やわらか	柔らか／やはらか

現代では、過去完了形は「た」の一つの言い方しかありませんが、古典文法では六つの言い方があります。

文語（古典文法）・過去完了形

助動詞	意味	現代
けり	間接経験の過去	「～た・～たそうだ」
	詠嘆	「～たことだ・～たのだなあ」
き	直接経験の過去	「～た」
たり・り	完了	「～た」
	存続	「～ている・～てある」
つ・ぬ（※）	完了	「～た・～てしまった」
	強意	「（きっと）～だろう・必ず～」

※「つ・ぬ」は完了のほかに強意を表す表現となる場合がある。

第2章

実践編【コンクールに向けて】

テーマ探しとことばの選び方などを添削例から学ぼう

ヒント
12

素材集めをしよう

【作者】高校一年生（岐阜県）

原作

花びらが目の前落ちて見上げればもう咲いていたんだ満開の花

作者の解説

もう知らぬまに桜が満開になっていたことを詠んだ歌です。

短歌の素材はいたるところにあります。身近な出来事、見たり感じたり（P98五感）、学校の授業のこと、部活のこと、兄妹や友達のこと、家族や友達と行った旅行のことなどさまざまなことから感じたこと、思ったこと、気づいたことを短歌にしてみましょう。

よりよくするためのコツ

あえて言うと、「目の前落ちて」は「目の前かすめ」くらいの方が、重力のあまりない桜の花びらがハラハラ落ちる様子に近いでしょう。「もう咲いていたんだ」は「もう」を抜いて定型にした方が、スピード感が出ます。桜だろうなぁとわかるけれど、「桜」というなら「桜」をきちんと入れた方が、映像がぱぁっとひらけます。

鈴木先生の感想

年によっては急に温度の高い日があって、それにつられたかのように急に桜が満開になることがありますね。そのように現実に基づいてうたわれたのでしょうか。または春のはじめの頃、空を仰ぐようなゆとりもなくて、桜がほころび始めていることにも気づかないような日々を過ごしていたのかな、と作者の内面に基づいてうたわれた可能性もありますね。どちらにしても自分と別のところで季節が動いていたことに気づいた感動がある歌です。

添削例

花びらが目の前かすめ見上げれば咲いていたんだ桜満開

ヒント 13

焦点を一点に絞ろう

【作者】高校一年生（岐阜県）

原作

野良猫や目が合ったままにらめっこ友との騒然緊迫の空間

作者の解説

友人と雑談をしている最中に猫と目が合ってしまったときのことを詠みました。

短歌は、五・七・五・七・七からなる短い詩です。一首のなかにあれもこれもとさまざまな想いをいれると焦点がぶれてしまいます。

右の短歌を例に見てみましょう。

焦点が一つ決まれば、そのポイントをもう少し深く描写する、あとはさらっと周りの風景を詠む、くらいにとどめることが作品を活かすために大切です。

よりよくするためのコツ

一首に二つ以上のテーマが詰まっていないかに注意

最初は友と「どうする、どうする」と騒がしくしていて、そのうちじっと見据える猫に緊張して……などと、書かれていない時間の流れがあるのでしょうが、そこを書きつなぐと文章みたいになってしまうため、野良猫の様子から緊迫感が伝わる歌にしてみましょう。

鈴木先生の感想

人に警戒心を持っている野良猫は、人をこわがって人をにらみつけるのでしょうが、人間の方も怖いですよね。それでにらめっこのまま動けなくなる……。よく情景が見えます。が、下の句の「騒然」と「緊迫」という二つの状態が騒がしさと張りつめたような緊張と、このままではうまくつながらないようです。この歌では、友人の存在よりも、猫と目が合っている時間に焦点を当てる（クローズアップさせる）ようにしてはいかがかと思います。

添削例

雑談の合間にふっと野良猫と目が合いそのままにらめっこになる

ヒント 14

着想から作品にするまでの流れを知ろう

本項では、着想から作品を完成させるまでの流れを見ていきましょう。

1. 着想・テーマを決める（一例として）

「休み時間は、ふざけたり人を笑わせたりしている友達が、授業中にふと見せる真剣な表情にドキッとした一瞬」をテーマに決める。

2. 試作してみる

試作1

授業中／ふと横見ると／そこに坐る（六音／字余り）／真剣に光る（八音／字余り）／友のまなざし（※1）

3. 推敲《すいこう》（※2）する（その1）

ポイント

①全体的に説明的な内容になってるので修正する。
②友の様子の表現を工夫してみる。
③授業中なので「そこに坐る」は削る（読者は「そこに坐る」が無くても同じ風景を描くことができるため）。

試作2

授業中／真剣に光る（八音／字余り）／まなざしの／友がいる（五音／字足らず）／いつもは楽しい友で（十一音／字余り）

4．推敲する（その2）

ポイント

①ドキッとした感じを伝えるため、いつもと違う友の一面であるということをさらに感じさせたい。「いつもと違う」とか「知らない友の顔」というような言葉を入れたら、よりドキッとした感じが伝わる。

②韻律を整理する。

5．作品を完成させる

ふと見れば／真剣に光る（八音／字余り※）／まなざしの／いつもと違う／授業中の友（八音／字余り※）

※このリズムのほうがしっくりくるという場合は字余りや字足らずを取り入れてみましょう。

覚えておこう2　自分らしい視点を探す

歌のテーマが決まったら、それがどのような状態にあるのか、あるいは、どのような意味があるのか、自分ならではの視点をもって見つめてみましょう。

覚えておこう2　説明的になっていないかをチェックする

ともすると、歌が自分が見た物や事の説明になってしまうことがあります。そのような場合には語順を入れ替えたり、違う表現を考えてみましょう。

※1：この歌の原作は中学一年生（青森県）の作品です。

※2：推敲とは、詩文の字句や文章を十分に吟味して練りなおすことをいいます。

ヒント15 テーマが与えられているときは

たとえば「秋」というテーマが出題されたとしましょう。過去や現在、秋にどんなことを感じたか、なにがあったかなどを振り返ってみます。

ポイント① 思いつくこと、思い出したことをメモ用紙にどんどん書こう。

たとえば、
お月見、ススキ、満月、食欲、おイモ、家族旅行、紅葉、妹の体重が増えた、…など。

ある朝、学校へ登校する途中で、ススキを見た。そのとき、ススキが頭《こうべ》を垂《た》れているのがお辞儀をしてくれているように感じた。このことをテーマにしようと決めた。

ポイント② 体裁を気にせずに詠んでみよう。

試作1 「おはよう」とススキにお辞儀返す朝私を見守るやさしい笑顔（※）

↓

ポイント③ 試作は必ず推敲しよう。

【推敲】

①ススキがお辞儀してくれたから自分がススキにお辞儀していることを詠んだが、この表現では自分がお辞儀をする映像の方が先に焼きついてしまう。

②「やさしい笑顔」もススキのことなのか、自分のことか、周囲にいる人のことなのかが分かりにくい。そのため、「やさしい秋の」と、ススキとの関わりをイメージさせてみた。

↓

【完成】　「おはよう」とススキが頭を垂れてくれやさしい秋のお辞儀を返す

※この歌は高校一年生（岐阜県）の作品です。

ヒント16

短歌づくりをより良くするためのコツを知ろう 添削例《てんさくれい》

1 友達を詠んだ短歌

【作者】高校二年生（静岡県）

原作

形だけ笑顔を浮《う》かべ過ごす日々君に会うまで簡単だった

作者の解説

まわりに合わせるための形だけの笑顔を浮かべる日々が続いていました。しかしある人（今の親友）に出会ってから「無理に笑顔つくらなくてもいいよ」「まわりに合わせずありのままで」と言われるようになり、今まで簡単だった形だけの笑顔ができなくなりました。そのため、素の笑顔を浮かべられる日々が送れるようになったという内容です。

よりよくするためのコツ

とても細やかなことですが、「日々」が「簡単だった」のではなく、そのようにして過ごす「こと」が「簡単だった」とした方が、流れがすっきりつながります。

鈴木先生の感想

繊細《せんさい》な気持ちをうまくうたっていると感心しました。「君」は気づかせてくれて、ありのままで一緒にいられる大切な存在ですね。

大人っぽい歌だと思いましたが、どの年代でも人とのまじわりに悩むことはあり、改めて私も自分の学生時代を思い出しました。「君に会うまで簡単だった」という振《ふ》り返り方に実感と、今は違《ちが》うという明るさが感じられて力があります。

出会いが人を変えますね。「君」にとってもあなたは大切な存在なのでしょうね。

添削例

形だけ笑顔を浮かべ過ごすこと君に会うまで簡単だった

2 家族（祖母）を詠んだ短歌

【作者】高校三年生（東京都）

原作

①足跡がついていない雪山に祖母が作った②針生姜《はりしょうが》置く

作者の解説

食べ物などに、手をつけていないことを表すために針生姜を置く習慣があると教えられていました。そのことを真っ白な雪を見たときに思い出し、雪に見立ててみました。雪が誰にもさわられていない状態を、祖母が作った針生姜を置いて表す様子を詠みました。

添削例

雪山は手つかずという証明①に祖母が作った針生姜置く②

よりよくするためのコツ①

足跡がついていない」と、歩く人を想像させるより、さわられていない、ふれられていない、というように手の映像の方が、「手がつけられていない」という証《あか》しに自然につながると思います。

よりよくするためのコツ②

針生姜を置くことは、食べ物に手がついていないことを表すものなんだなと、その習慣を知らない人にもわかりやすくしましょう。

鈴木先生の感想

とても繊細な歌ですね。雪山の白と針生姜のごくごく薄いこがね色の色彩もすがすがしいです。まっ白な雪山にまだ誰もさわっていない、手がつけられていないとして、本来は食べ物にするはずの針生姜を置いたということですね。手がつけられていない食べ物への敬意が感じられるひとコマです。発想が独特で風景がすがすがしくてすてきです。

3 家族（母親）を詠んだ短歌

【作者】高校一年生（岐阜県）

原作

①暮夜《ぼや》の中スタンド代わりのおぼろ月②母はお月見我は勉強

作者の解説

母と二人暮しです。おぼろ月のある日の、母と私の様子を詠いました。

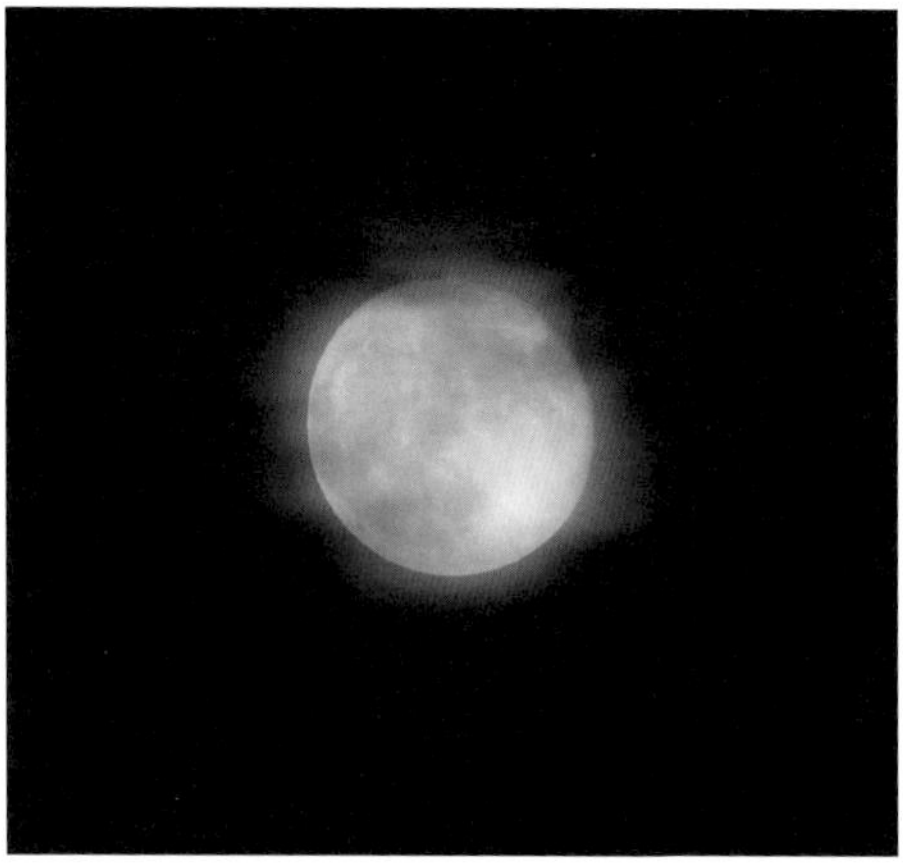

よりよくするためのコツ①

「暮夜」はこれだけで、夜とか夜中ということになるので、「中」の必要性は薄いのです。そしてとても損なのが、中、月、月見、勉強、と、名詞での区切れが多く、抒情的な風景が詠われているのに、ボツボツボツ、とリズムが名詞のところで切れてしまい、内容とそぐわなくなっていることです。上の句の語順を変えましょう。

よりよくするためのコツ②

下の句を名詞でなく動詞に変えてみましょう。おぼろ月がスタンドの代わりという設定がとても魅力的で、この語順なら「暮夜」がより生きるのではないでしょうか。漢字が続いて読みにくくなる場合、（この歌では暮夜と月）ことばの切れ目で、ひとマスあけて書くことができます。

添削例

①スタンドの代わりのおぼろ月の暮夜②月見る母と学ぶ私と

鈴木先生の感想

「暮夜」のような、普段あまり使わないようなことばを取り入れて、歌のイメージ作りに役立っていると思いました。

4 頼まれたおつかいでの出来事を詠んだ短歌

【作者】中学二年生（宮城県）

原作

おつかいで①少しあまった二十円なにが買えるか②小さな主婦

作者の解説

母におつかいを頼まれ、限られたお金を持っておつかいに行った子。

おつかいのあとで二十円余り、これでお菓子が買えるかどうか探しています。お買い物自体慣れていない様子が可愛らしく、あれこれと探す小さな主婦のようだなと詠いました。

よりよくするためのコツ①

「小さな主婦」があるから、一人でおつかいかなとわかります。なので、「おつかい」は削りましょう。

よりよくするためのコツ②

「おつかい」を削ったその分、探している様子を描いてみましょう。削ったことばと新しくいれたことばとありますが、言いたいことが言えているか考えてみて下さいね。

鈴木先生の感想

二十円しっかり握りしめてあれこれお菓子を見ている様子が見えてきます。「小さな主婦」という表現のかわいらしさと、年齢なりにしっかりしている堅実な感じを見せてくれますね。内容とても新鮮で、やさしさがあって良いです。

添削例

二十円あまったおつりで買えるもの小さな主婦があれこれ探す
（または「うきうき探す」）

5 部活を詠んだ短歌

【作者】高校三年生（岐阜県）

原作

弓道場で「ありがとうございました」と後輩に言われ去る
こそ①哀しけれ

作者の解説

先輩として部活最後の練習をしたあと、去るときの寂しさともう部活ができないくやしさみたいな……。

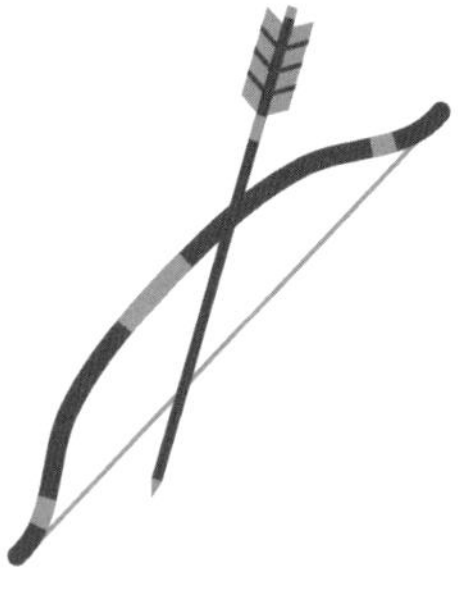

よりよくするためのコツ①

「哀しけれ」を削り、初句リズムが悪いので、語順を変えてみましょう。

よりよくするためのコツ②

「哀しさ」「寂しさ」など、一語ではおさまりきれない感情ですので、あえて一つを出さずにことがらのみで、読む人の想像力を引き出す形にしてみました。

鈴木先生の感想

楽しく充実した部活の日々も終わり。古典を勉強すると「哀しけれ」のように古語を使いたいときもあるでしょうし、積極的に使う意欲も素晴らしいです。
ただこの場合は寂しさの実感を自分の心に近いことばで表現した方がリアルさが出てくると思います。「弓道場」と場所を詠み込んだことで映像も生まれる歌になっています。

添削例

「ありがとうございました」と後輩の声受け最後の②弓道場去る

6 部活の帰りの出来事を詠んだ短歌

【作者】高校一年生（新潟県）

原作

①日も落ちて腹の音聞いてペダルこぐ焼き肉の香も並ぶはさんま

作者の解説

陸上部の練習が終わった帰り道、すっかり暗くなった夜七時過ぎにお腹がすいて、ぐーぐー音が鳴っていた。早くご飯を食べたいと思って急いで自転車をこいで帰宅する途中、焼き肉屋の「ばんりゅう」の脇を通った。焼き肉が大好きな私にとって「焼き肉のたれと香り」がたまらなかった。頭の中で焼き肉をイメージして期待して玄関のドアを開けた。開口一番「今日の夕飯何？」と言った。食卓に並んでいたのは「さんまの塩焼き」だった！

よりよくするためのコツ①

焼き肉の匂いはあまり朝の感じはしないので、これをいれたら「日も落ちて」という時間は削っても夕方から夜とわかります。

よりよくするためのコツ②

「ばんりゅう」とお店の名前があって、知らなくてもなんだかとてもおいしそうな店名で、それを生かしてみても良いなと思いました。
お腹が空いていて、焼き肉の匂いについついスピード落としてかいでいるという場面に、「ばんりゅう」という看板が見えて、実感を演出する楽しさが生まれます。

鈴木先生の感想

部活をしてお腹が空いて、急いで帰る途中に焼き肉の匂いがして……といった学生時代の一日を帰り道を中心に描こうと意欲があります。短い時間のことですが、動きがあるのでまとめるのに苦労したことと思います。

添削例

空腹のペダルこぎゆき焼き肉屋②「ばんりゅう」の脇でスピード落とす

7 自分が好きなことを詠んだ短歌

【作者】中学一年生（青森県）

原作

流れゆく①水の音に目をとじるふしぎな模様が②胸にひろがる

作者の解説

水の流れる音を聞くのが好きです。自分の中まで流れて、こころまでうるおうように感じるからです。

目をとじてその音を聞いていると、ふしぎな模様がわたしの中にひろがってきます。

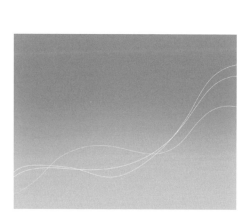

よりよくするためのコツ①

「こころまでうるおう」を入れようとすると、どこか言葉を削らなければなりません。「水の音を目をとじて聞く」とすると、六音＋七音で二句目までできます。ただ、六音の始まりは流れる水の音を詠うにはリズムの点ですっきりしません。そこで、「目をとじて水の音聞く」と語順を変えると、五、七で始まるようにできます。そこに「こころまでうるおう」を入れます。

よりよくするためのコツ②

「こころまで」としたので、「胸に」はなくても、胸にひろがるとわかります。

添削例

①目をとじて水の音聞く②こころまでうるおうふしぎな模様ひろがる

鈴木先生の感想

詩的感性がやわらかくうたわれていますね。「こころまでうるおうように感じる」と歌の芯が書かれています。原作でも良いのですが、少しリズムが悪いことと、言葉にできている良い表現があるので、それを入れるともっと作者オリジナルの思いが表現できると思います。

8 ありのままの今の自分を詠んだ短歌

【作者】中学二年生（宮城県）

原作

3・2・1心で数え踏み出してやっぱり無理だこの繰り返し

作者の解説

ずっとしようと思っていることを心でカウントダウンして、いざしようとすると緊張して結局できない、ということです。

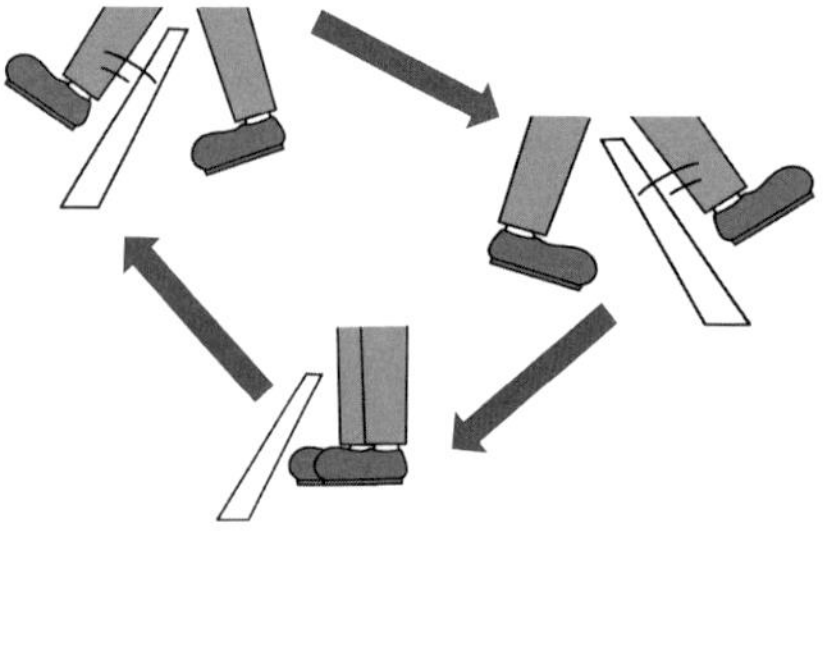

添削例

3・2・1心で数え踏み出してやっぱり戻るこの繰り返し

よりよくするためのコツ

このままでよく伝わるし、直したいところもない、きちんとできている歌ですが、あえて一カ所提案すると、「やっぱり無理だ」とすることで終わりを予想させて、「この繰り返し」につながりにくくなるために、「やっぱり戻る」くらいがより状態に近いかと思いました。「踏み出して」ともすっきり流れます。

鈴木先生の感想

共感する人が多そうな歌ですね。慎重な人、大胆な人、人にはさまざまなタイプがあって、作者は慎重な人、でも、何回も挑戦しようとする人だと伝わるので、できないことを詠ってもどこかすがすがしいです。

9 恋を詠んだ短歌

【作者】高校二年生（静岡県）

原作

表情と君の視線に落ち着かず僕の心はガラス細工に

作者の解説

気になっている君の表情や視線の先には誰がいるのか、ハラハラ、ドキドキして落ち着かない僕の心を繊細で脆《もろ》く、少し触れるとすぐに壊れてしまいそうなガラス細工として例えた。

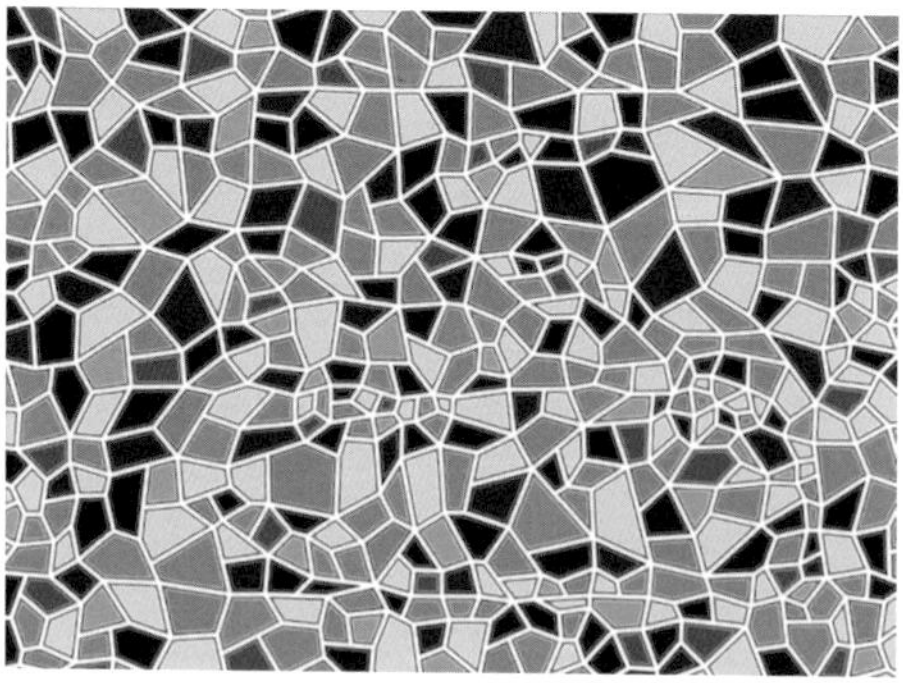

よりよくするためのコツ

表情と視線という二つを重ねてゆくことで歌にリズムを加える方法があります。

君の視線、君の表情と「君の」＋何かという同じ形のフレーズを重ねることで、迫るようなリズムが加わります。

鈴木先生の感想

君が少し動くたびに視線を動かして追ってしまう。目が合ったりしたらドキドキが高鳴って何でもないかのように目をそらしてしまう。多くの大人たちも経験してきたどうしようもない切なさが目の前に展開されているように詠まれています。内容のところに書いてくださった「君の表情や視線の先に誰かいるのか」がとても具体的で良いですね。

添削例

君の視線君の表情追いながら僕の心はガラス細工に

10 コロナ禍での作者の学校での様子を詠んだ短歌

【作者】高校二年生（静岡県）

原作

こんなにも寂しいテストあるものか他校舎からの自分のクラス

作者の解説

いつもならクラスメイトと一緒に受けているはずのテストだったが、私がコロナ患者との濃厚接触により別の校舎で受けることになった。テストを受けた校舎からは自分のクラスが見えてとても寂しく感じたという内容です。

よりよくするためのコツ①

原作の「こんなにも寂しいテストあるものか」は気持ちのこもった表現ですが、上の句にコロナによる経験であることを書く方がいいです。下の句は場面設定としてはずせないので、上の句に事情を入れました。

よりよくするためのコツ②

「寂しい」と言わずに読む人が寂しさを感じられれば成功です。

添削例

①濃厚接触者だから②テストも離されて他校舎から見る
自分のクラス

鈴木先生の感想

寂しい経験でしたね、テストも別に受けるというのは。終わった休み時間ごとに「どうだった？」「あそこは？」と友人と話し合ったりもできず一日がしんと終わるようだったと思います。見えなければまだ心もおだやかにいられるでしょうが、自分のクラスが見える位置の別の校舎にいたのですね。それは何倍も淋しさがふくらむようですね。寂しい経験ですが、この時期の特殊な経験は残す価値があると思います。添削例は句またがりを使っています。

11 社会的な事件を詠んだ短歌

【作者】高校一年生（静岡県）

原作

また一人子供の灯①消えていくくり返す悲劇終わらぬ過ち

作者の解説

静岡県牧之原市で起きてしまった園児置き去り死亡事故について詠みました。全国でも車内、バス内に子供を置き去りにして亡くなっている子供たちがいるので、こういうことは悲しい事だと思いこの歌を作りました。

よりよくするためのコツ①

「命」を削って、「子供の灯」では意味も違ってしまいます。事件が背景なので、「子供の灯」でも気持ちはわかるのですが、表現としては「命」が必要です。「子供」を「子」としても良いですね。そして命の火が消えたという訴えが最後に強く残るように語順を入れかえてみます。

よりよくするためのコツ②

「灯」は「ひ」とも読みますので、「灯《あかり》」とルビを振って間違われないようにすると確実です。もう一段階、例えばご自身の住む地であったということも衝撃につながっているのなら、「またひとり子どもの命置き去りにされてしまったこの静岡でも」のように場所をいれていたむ心を表現する方法もあります。気持ちの尊い歌だと思います。

鈴木先生の感想

命をいたむ歌。とても大切な詠む心だと思います。学生さんが社会に目を向けている証として悲しい事件でしたが、貴重な歌ですね。「子供の灯」は子供の命の火、あるいはあかりということでしょう。文字数の制限の中で考えられたことですね。

添削例

くり返す悲劇終わらぬ過ちにまた子の命の灯《あかり》が消えた ②

12 ハロウィンの日の出来事を詠んだ短歌

【作者】中学二年生（宮城県）

原作

仮装した悪魔役の子親切にもらったお菓子をみんなに配る

作者の解説

十月三十一日のハロウィンに悪魔役に仮装した子が、悪魔の悪いイメージをなくそうとして、もらったお菓子を友達に配るという内容です。

添削例

たくさんのもらったお菓子を「どうぞ」って配るよ悪魔の仮装した子が

よりよくするためのコツ

特に直さないといけないところはありませんが、たとえば私だったらというのを参考に書きますと、「どうぞって」といれることで楽しげに配る様子がでて、姿との対比が少し強まるのではと思います。

鈴木先生の感想

悪魔の仮装した子がお菓子を配っているというハロウィンならではの面白い光景ですね。光景の面白さを楽しむ歌でもこのままできちんと詠えています。また、ハロウィンの一場面から派生して、人は見かけで判断できないということを考えても良いと思います。

短歌・俳句・川柳の違い

短歌・俳句・川柳は、短詩形文学として共通点もありますが違いも多くあります。
それぞれの共通点と相違点を表にまとめてみました。
基本知識として、それぞれの違いを知っておきましょう。

	短歌	俳句	川柳
発祥	飛鳥時代	江戸時代	江戸時代
音数	五・七・五・七・七	五・七・五	五・七・五
数え方	一首、二首と、「首」で数える	一句、二句と、「句」で数える	一句、二句と、「句」で数える
季語の有無	不要	必須（ただし、無季派もあり）	不要
作品のモチーフ（※1）	日常生活の中で感じたこと、思ったこと	日常生活の中で感じたこと、思ったことはもとより、自然や暮らしの風景	日常生活の中で感じたこと、思ったことはもとより、人間模様や社会への風刺
使うことば	新かなづかい・口語体、旧かなづかい・文語体どちらも使われる	新かなづかい・口語体、旧かなづかい・文語体どちらも使われる	新かなづかい・口語体が主流
表現の特徴	気持ちや感じたこと・思ったことを詠む	季語を柱として、風景や物事を詠む	物事をこっけい・うがち（※2）・軽みで表現して詠む

※1: モチーフとは、表現の動機・きっかけとなった、中心的な思想・思い。
※2: 穿(うが)つとは、本来、「穴をあける」という意味があります。転じて表面的には見過ごされがちな事実を掘り出して示すことを言います。

第3章

上級編　表現力向上のヒント

ヒント17

読み手の関心を深める「取り合わせ」をうまく使おう

例歌

血塗《まみ》れの記事満載の新聞を水に浸せりガラス窓拭く

鈴木英子『淘汰の川』

適度に意味の離れた二つのことばを短歌の中に詠み込むことを「取り合わせ」と言います。

例歌では、「新聞」と「ガラス」といった、全く違うイメージのものが組み合わされ、それがどのように関係があるのか、読み手の関心をひきます。

歌に取り合わせを効果的に使うポイントは、ことばとことばの関係性が似たイメージを持つものではなく、一首の中でどことなく、あるいは意外なつながりのあることばを選びましょう。

解説

新聞紙のインク油の成分が、窓ガラスの油汚れなどを分解し、ツヤを出すので、窓ガラスの掃除に新聞紙が使われます。少し水を含ませてきれいにしようとすると、そこには惨たらしい事件がいくつも載っていて、きれいにしようとする行為と水に滲む報道はあまりにも落差がありました。日常にはこんな気持ちを乱すような取り合わせもありますね。

覚えておこう❶ 詠まれている事象への関心を深める

窓ガラスという動かない物体と新聞記事を見た作者の情動の動き。この歌の取り合わせには〝静〟と〝動〟が表現されていて、詠まれている事象への関心を深めます。このように、ことばの組み合わせが絶妙であれば、読み手の関心を深めたり、イメージの幅が広がり想像力も掻き立てられます。

覚えておこう❷ 「つき過ぎ」や「はなれ過ぎ」に注意

取り合わせは、ほどよく響き合っていることが大事です。ほどよくというのは、一つのことばがでたときに、すぐに連想してしまうことばが一緒に一首の中に入っていたり（つき過ぎ）、その逆で意外なことば過ぎて共感を生まないほどに突拍子のないことばが入っていたりする（はなれ過ぎ）取り合わせにはならないように注意しましょう。

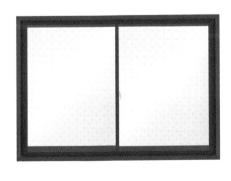

ヒント18

歌に心地よいリズムを与える「リフレイン」をうまく使おう

例歌

陽を借りて埃《ほこり》きらきらどの生もたかだか一生《ひとよ》きらきら埃

鈴木英子『月光葬』

歌の特定の部分を繰り返す技法のことを「リフレイン」と言います。リフレインには、繰り返したことばが読み手に強い印象を与えたり、歌が同じことばの反復によってリズミカルになったりする効果があります。

リフレインを上手に使うコツは、声に出すことでしょう。音読してリズムを体感していくことがリフレインの上達には最も効果があります。

解説

ホコリってとても小さくて、一つひとつを意識することはないと思うのですが、太陽の下で舞うホコリはステージの紙吹雪のごとく、きらきらと目に刻まれます。そのきらきらを見ていたら、人間もみんな同じ一生を与えられて、陽が当たるときには輝くし、ただそこにあるだけのときもある。そのような、ふと発見した光景を詠んでいます。

例歌は、作者が発見した事象をリフレインで響かせることによって印象づけとリズミカルな作品に仕上げています。

覚えておこう❶

単調なリフレインにしないことも大事

例歌は、「埃」と「きらきら」のリフレインですが、2回目には「きらきら」「埃」と語順が入れ替わっています。このことで単調さを回避しながら「きらきら」する「埃」の存在を印象づけています。

覚えておこう❷

記憶に残りやすい響き

リフレインで歌全体がリズミカルになり、読み手の記憶に残りやすい響きとなります。

ヒント19

読み手に伝わる表現法を考えてみよう

例歌

氷河の割れ目《クレバス》の青にじわじわ囁かれ堕つるも不幸・留まるも不幸

鈴木英子『油月』

解説

アラスカでは氷河の割れ目の吸い込まれそうに美しい青色が見られます。その息をのむような美しさに吸い込まれて、もし落ちてしまったら身の不幸ですし、その美しさの虜になってしまってそこに留まってしまうのも身の不幸を招きます。そのようにクレバスから感じたことを詠んだ歌です。

外来語などのカタカナで表記することばの中には、それだけの表記を見ても聞いてもその意味が理解しにくいことばがあります。そのような言葉を歌に用いる場合には、ルビをつけることをおすすめします。

例歌では、氷河の割れ目を「クレバス」と言うのですが、それだけの表記を見ても聞いてもなんだかピンと来ないと思います。文章ならば文章の中で説明できますが、短歌は三十一音なので、「クレバス」とは何かという内容に呼び方をルビでつけています。頭の中に映像が生まれたら成功です。

覚えておこう❶

わかりにくいことばは、内容がわかる言葉の上にルビで示す

歌の中のことばを表記する場合、基本的に漢字、ひらがな、カタカナおよびそれらの組み合わせの四通りの方法があります。伝えたい内容をどのように表記するかを考えて表記しましょう。例歌では、そのまま「クレバス」と表記したのでは、読み手に理解されない恐れがあるため、あえて内容がわかる言葉の上にルビという形でつけています。

覚えておこう❷

その他、ルビをつけたほうがよい場合

たとえば、「薊（あざみ）」、「西印度櫻桃（アセロラ）」、「馬酔木（あせび）」、「男郎花（おとこえし）」「女郎花（おみなえし）」「百日紅（さるすべり）」「醴（あまざけ）」など、一般の人が読みにくい漢字や特殊な読み方をする場合はルビをつけることをおすすめします。

内容がわかりにくいカタカナことばの例

カタカナことば（外来語）	内容を意味することば
ビオトープ	生物生息空間
ラグーン	海の水深の浅い水域
アイスバーグ	氷山
アイスウォール	氷壁
シュラフ	寝袋
ヘイル	ひょう（空から降る氷の塊）
スリート	みぞれ

ヒント20

特有のイメージが伝わる固有名詞を効果的に使おう

例歌

築かれし佃・月島・晴海町わが濃きこの血を築きし町よ

鈴木英子『水薫る家族』

どことなく印象の薄い歌だと感じることがあります。その原因はさまざまですが、使われていることばが抽象的なことも原因の一つであると言えます。そこで、より深い印象を与えるために固有名詞が使えるかどうかを考えてみましょう。固有名詞とは、個々の事物を他と区別するために与えられる特有の名称のことで、たとえば人名、地名、国名、団体名、商品名などを言います。

解説

十六歳のときの作品です。生まれた町はもともとはなかった土地。すごいですよね、「埋立地」という言い方そのものの埋め立てられた町です。つくだ、つきしま、と「つ」が重なってリズムができ、「こき」「この」「きずき」と、カ行音を明快に響かせました。自分を語るのに、埋立地の固有名詞が似合うと思ったのですね。今の私もそう思っています。

覚えておこう①

イメージの共有がしやすい

固有名詞には、多くの人が持つ共通のイメージがあります。逆に言えば、作者があるイメージを伝えたいと思ったらそれに合う固有名詞を探すということもできます。

覚えておこう②

伝えたい「思い」を凝縮して伝えることができる

短歌は定型詩として表現法には一定の決まりがあります。その点で固有名詞は、伝えたい「思い」を限りある音数のなかで明快かつ具体的に伝える効果が期待できます。

例歌では、作者自身のゆかりのある町をあげることで、読み手にその地名から伝わる特有のイメージを与え、それと共に明快な音とリズムで印象を深める効果をだしています。

ヒント 21

オノマトペ（擬音語）を上手に使おう

例歌

産卵のために掘る音さりさりと大き月のもと海亀といる

鈴木英子『淘汰の川』

オノマトペとは擬音語や擬態語の総称です（擬態語については次のヒント22をご参照ください）。上手く使えば、短歌のインパクトや印象を深め、さらに臨場感を高める効果を生みます。

擬音語は、物が発する音を字句で模写したもので、たとえば「キシキシ」「トントン」「カサカサ」「ドキドキ」などがあります。

歌意がわかりやすく伝わり、しかも質感が出るため、魅力的な手法の一つです。

解説

警戒心の強い海亀は、産卵のために上陸しても光や気配に反応したら海に戻ってしまいます。だから産卵を見せてもらえるのはおごそかで貴重なことです。卵を産み落とすくぼみを掘る音を「さりさり」としました。静かに見守っているから決して大きくない音が「さりさり」とくっきり聞こえます。静かさを引き立てるオノマトペと思い、選んだ音です。

覚えておこう❶ オリジナリティーのある音の表現を

例歌のように、普段あまり聞いたことが無い音の表現が、新鮮さと豊かな場面のイメージにつながります。人が物音や動物の鳴き声などを聴いたとき、実はどのような聞こえ方をしているかは人によってさまざまなため、自分の感覚でオリジナリティーのある音の表現をしてみましょう。

覚えておこう❷ 聞き慣れたお決まりの表現には注意

「ワンワン（吠える犬）」「ニャーニャー（鳴く猫）」「ガタガタ（音を立てる障子）」など、すでに一般的によく使われる平凡な表現は、歌自体の新鮮さが薄れたりインパクトに欠けたりしますので、できれば避けましょう。

ヒント
22

オノマトペ（擬態語）を上手に使おう

例歌

彼のいのちの着地地点はこのあたり春砂ぼこりはぞぞぞと吹いて

鈴木英子『油月』

オノマトペとは、擬音語と擬態語の総称です（擬音語については前のヒント21をご参照ください）。擬態語とは、「ふわふわ（雲が浮かぶ）」「コロコロ（転がるボール）」「すっきり（しない天気）」「ぐっすり（寝る）」など、状態や様子を表したものです。

三十一音という短い詩形のなかで、説明しがたい状態や様子を的確に表現できる擬態語を上手に使いましょう。

解説

「いのちの着地地点」、すなわち「彼」が落ちた場所です。「彼」はいじめでみずからの命を終わらせました。近くに住んでいた私は、命の終わった場所に立ちました。何でもない風景ですが、彼の命を思ったとたん、命の抗議が風となって渦巻くように見えました。風は砂ぼこりを巻きあげ、怒るように苦しむように「ぞぞぞ」と見え、迫ってきたのです。

覚えておこう❶

オリジナリティーのある音の表現を

例歌のように、状態・様子を表現する際に普段あまり聞いたことが無い表現が、新鮮さと豊かなイメージ、感動につながります。自分の感覚でオリジナリティーのある表現ができるように工夫してみましょう。

覚えておこう❷

聞き慣れたお決まりの表現には注意

「つるつる（滑る床）」「パラパラ（降る雨）」「ジメジメ（する寝床）」など、すでに一般的によく使われる平凡な表現は、歌自体の新鮮さが薄れたりインパクトに欠けたりしますので、できれば避けましょう。

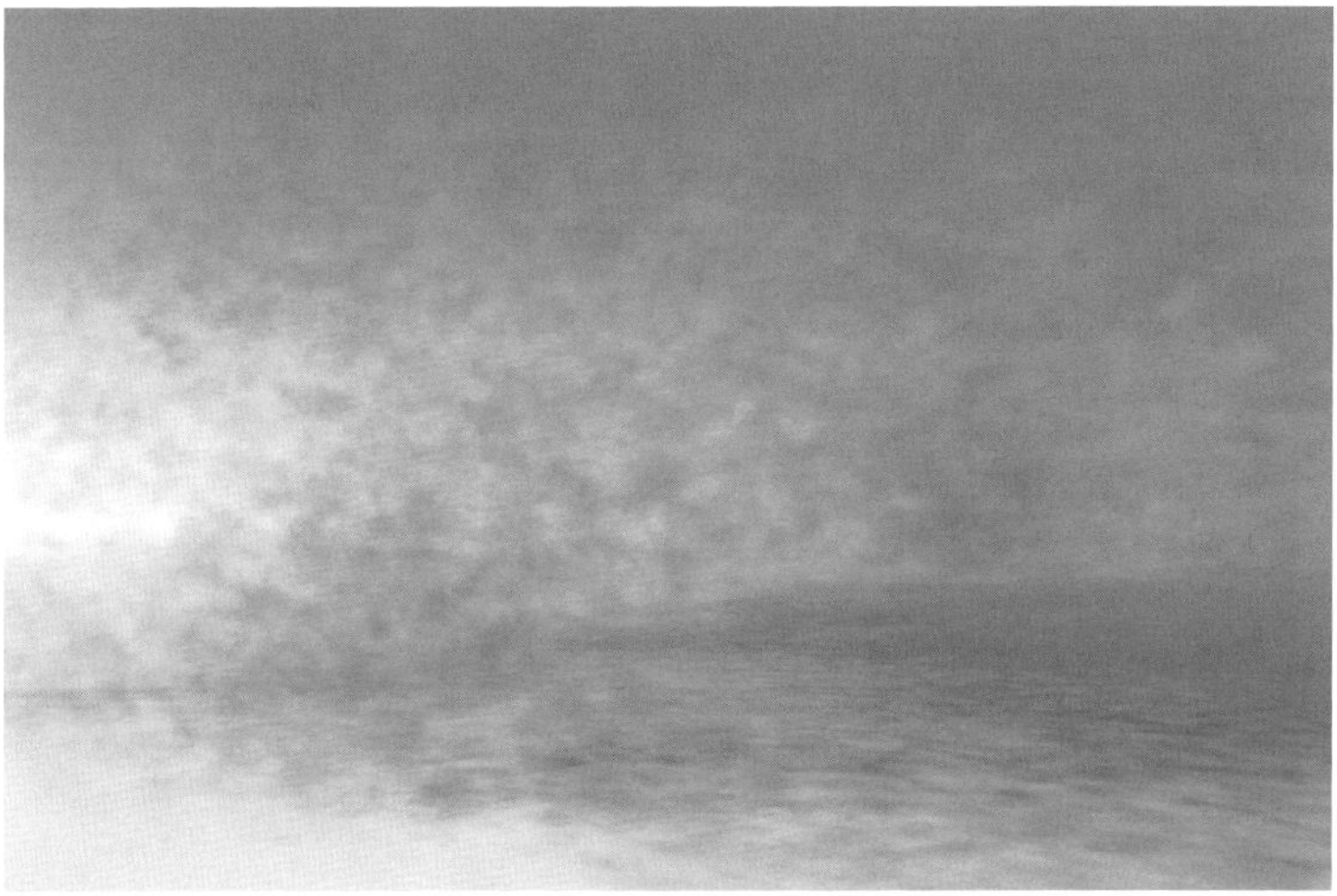

ヒント
23
比喩を上手に使おう（明喩編）

例歌

わたくしの始まりの景色　草原《サバンナ》を吸うように木の一本立てり

鈴木英子『淘汰の川』

比喩とは物事を描写する際に何かにたとえて表現することを言います。比喩には、喩え方によって明喩（直喩）と暗喩（隠喩）の二つの表現方法があります。この項では明喩（直喩）について取り上げます。

明喩（直喩）は明らかにたとえていることがわかるように、「〜のような」「〜のごとく」などを用いて示す直接的な比喩表現法です。歌から想起されるイメージに深い印象を与えます。

解説

広い草原にすっと一本、木が立っていました。高い木だからその高さを支えられるくらい根が張っているわけです。その張った根の広がりが、ぴたっと草原を吸い上げているように力強く見えました。わたしはもちろん木ではないけれど、こんなふうに何かの力を吸い上げて自分の命も始まったのだと、その景色に感動して詠みました。

覚えておこう❶
オリジナリティーのある表現は鮮明なイメージを与える

例歌のように、オリジナリティー溢れる表現を工夫してみましょう。それには、作者固有の感性・感覚を研ぎ澄ませながら、そのときの素直な心情にピタッとくるようなことば選びが大事です。そのようにして創り出されたことばは読む人に新鮮なイメージや感動を与えることでしょう。

覚えておこう❷
聞き慣れたお決まりの表現には注意

「お盆のような丸い月」「太陽のように明るい」「雪のように白い肌」のように、たとえるものとたとえられるものがわかりやすかったり、聞き慣れたことばだったりすると新鮮味が感じられません。そうしたお決まりの表現はできれば避けましょう。

ヒント
24

比喩を上手に使おう（暗喩編）

例歌

ぐわぐわとつつじひらけり陽のもとに押し出されゆくくれないの舌

鈴木英子『油月』

暗喩（隠喩）は、明喩のように、たとえていることを明示しない比喩で、歌にこめた想いを意味深に余韻をもって伝えることができます。例歌は、「舌のように」とすればわかりやすいところを「くれない（※）の舌」と言い切っています。これは、つつじの花びらを「くれないの舌」とたとえることで、ぐわぐわと一斉に開く迫力を表現しています。

※くれない：鮮やかな濃い赤色のこと。

解説

つつじがわっとまとまっていると、とても迫力がありますね。花びらも花の中では大きめでしょう。そして五月になるかならないかの頃、気づけば一斉に開いていて、花びら一枚一枚が中心から押し出された舌のように見えました。そのように感じたままを詠みました。

覚えておこう❶

個性的な暗喩は読み手の意識を深める

言いたいことを何にたとえるか。そこでは作者の個性溢れることばの選択が大事です。絶妙なことばを使って上手にたとえることができれば、読み手の関心を深め、その歌に対する深い共感が得られることでしょう。

覚えておこう❷

暗喩は表現の工夫が大事

例歌の「くれないの舌」は「つつじの花びら」の暗喩だとわかります。暗喩は、表現を工夫すれば読み手を強く惹きつけます。ただし、作者の独りよがり（自分しかわからない）に陥ることも少なくないので、読み手の共感が得られることば選びが大切です。

ヒント
25

ひとマス空けを効果的に使ってみよう

例歌

世界史が遠のきてゆく　わたくしはめしべたわわな花にならんか

鈴木英子『淘汰の川』

解説

現実の私は日本も含めた世界史の延長線上に生きていますが、うたうときには、私がすべてです。私がこうありたいという詩的わがままも大切です。上の句は今の私には歴史なんて関係ない、という自分が選んだ孤立感覚を、ひとマス空けた下の句では一転、こんな生命力にあふれた私であれという自分へのあふれるような期待感を演出しています。

歌の途中のひとマス空けには、さまざまな使い方や意味を与えることができます。

一旦歌の流れに小さな区切りをつけることで、たとえば、歌がイメージさせるシーンや状況が切り替わったり、詠み手の気持ちが切り替わったり、詠み手が見ている景色から心の動きに切り替わったりと、とても効果的です。その他には、疑問符や感嘆符の後に一拍置くことで、そこに詠み手の喜怒哀楽などの感情を表現することもできます。リズム自体を重視したいときにも効果的に使える手法です。

覚えておこう❶

イメージから心の動きに切り替える

例歌では、上の句で「世界史」という言わばマクロ（巨視的）なことばで、壮大な歴史の流れの中に私たちの生命が存在することを語ります。ひとマス空けのあとで、下の句では個人としての内面（ミクロ／微視的）を取り上げ、前者と後者の対比を際立たせています。

覚えておこう❷

リズムや読みやすさを重視したいとき

例歌

緑内障・痛風・結核　病名は濁音のなき響きのよけれ
鈴木英子『月光葬』

初句から三句目まで病名が並べられています。リズムと読みやすさを重視して、「・」（点、なか点）とひとマス空けを使っています。ちなみに、「・」は音数にならないため、この歌では、読点（「、」）と同様の読み方の提示をしています。

ヒント 26

擬人法を有効に使ってみよう

例歌

やはらかに柳あをめる／北上の岸辺目に見ゆ／泣けとごとくに

石川啄木『一握の砂』

「擬人法」とは人ではないもの、たとえば、植物や動物、自然などをまるで人がしたことのように人の動作にたとえて表現する比喩表現の一種です。

たとえば、「花が笑う」「風がささやく」「木が話しかけてくる」「光が舞う」など。

解説

（目を閉じれば）青々としたやわらかい柳が北上川の岸辺に見えるが、その岸辺は私に泣けと語りかけているかのように思える。

作者は、追われるように上京し、遠い故郷の様子を思い浮かべています。実家の不祥事や自らの生活苦で居たくても居ることができない故郷に思いをはせた歌です。

覚えておこう❶

ものやことに自らの心情を託す

例歌では、「泣けとごとくに」（泣けと語りかけているかのように）とありますが、なにが語りかけているのか？　それは、「北上川の岸辺（の光景）」なのです。つまり、「岸辺」を擬人化しています。

覚えておこう❷

独特の躍動感が生まれる

ともすれば単調に陥りがちな表現が、擬人法によって生き生きと躍動し、伝えたいイメージや想いも伝わりやすくなります。読み手を飽きさせず、その関心を惹きつけることができるでしょう。

ヒント27

感情ことばを入れてみよう

作者の今の気持ちを読者に強烈に伝えるために、歌の中にあえて感情ことばを入れて詠むのもいいでしょう。

次の歌は、それぞれ自らの感情を一首の中で表現した作品の例です。

悲しい気持ちを表現する

例歌

たはむれに母を背負ひて／そのあまり軽《かろ》きに泣きて／三歩あゆまず

石川啄木『一握の砂』

解説

いたずらに母を背負って歩いてみたが、（心労のあまりやつれて）あまりに軽くなっていたので、なんだか悲しく涙が出て三歩も歩けなかった。

啄木の母・カツは、病弱な息子・啄木の健康を願い、肉を食べる事を絶ったと言われています。

嬉しい気持ちを表現する

例歌

麦の香の嬉しくなりて麦笛を作りて吹けり一人ゆく路

中原中也【※7／P127】

解説

麦の香りに春の到来を感じ、嬉しくなって麦笛を作り、麦笛を吹きながら独りで路を歩いた。

春の日の嬉しい気持ちを詠んだ歌です。

怒りの気持ちを表現する

例歌

息づまるばかりに怒りしわがこころしづまり行けと部屋を閉ざしつ

斎藤茂吉『暁紅《ぎょうこう》』

解説

息詰まるほどの怒りに震えている私の心。どうか静まれと部屋の扉を閉めた。

この歌を詠む前に「わが体机に押しつくるごとくにしてみだれ心をしづめつつ居り」（意訳：自分の机の上に急いでうつ伏せになって、抑えようもない憤りの気持ち（みだれ心）を静めようとしている）という歌を詠んでいることから、作者が何かによって激しい怒りを感じ、なんとかその感情を抑えようとしていることがわかります。

寂しい気持ちを表現する

例歌

去りてゆく別府の駅の夜はさびし雨降り出でて汽笛なりけり

中原中也

解説

これから去っていく別府（大分県）の夜の駅は（人気が無くて）さみしい。今、雨が降り出して汽車の汽笛が鳴っている。

別府は、作者が生まれた現在の山口市にある生家にほど近い。作者は、現在の高校の半ばまでを過ごし、その間に短歌の創作もしていました。

覚えておこう❶

直情的なインパクトを与える

例歌のように、感情ことばは、読み手の共感とインパクトを与えることができ、上手に使えば印象に残る歌が作れるでしょう。ただし、それだけに歌自体に奥ゆき（表されたことば以上の深み）が感じられず、ともすると単調な歌になりがちなので注意しましょう。

覚えておこう❷

基本は感情ことばは使わずに表現する

感情ことばは使わずに表現できれば、歌に奥ゆきをだすことができるので、できれば直情的なことばは避けて作者の感情を表現するといいでしょう。

ヒント 28

イメージがふくらむことばや表現を探そう

例歌

方舟《はこぶね》の発ちゆくその日読まれざる記録をわれは書きているかも

鈴木英子『油月』

解説

私は書物を読むことも書くことも大好きです。そのような想いを持ちながら書物に意識を向けたとき、そこには見てきたかのように昔のことが書かれている書物もあります。たとえばノアの方舟だったら、人間はノアの夫婦しか残らなかったのに、誰が記録を残したのでしょう。そのようなことを考えたら楽しくなって、私だったら、たとえ誰にも読んでもらえなくても、その記録を書きながら方舟を見送り、世の終わりを目に焼きつけるかもしれないな、と果てしない想像の旅をしていることを詠みました

覚えておこう❶

独特のイメージがふくらむことば選び

童話やおとぎ話、神話などにでてくることばを使うと、そのことばからは独特の世界観とイメージが広がります。たとえば、赤ずきん、人魚姫、浦島太郎、一寸法師、竜宮城、鬼退治、天岩戸《あまのいわと》、最後の晩餐《ばんさん》など。伝えたい想い・メッセージに合わせてことばを選ぶとよいでしょう。

覚えておこう❷

イメージがふくらむ表現探し

五感が活きることばを一緒に使うと、より一層イメージをふくらませる効果を持ちます。

たとえば、読み手の五感（視覚・聴覚・触覚・嗅覚・味覚）に訴えるような表現を探してみるのもよいでしょう。

例歌では、「読まれざる記録」は視覚を、「書きているかも」は触覚（書くための道具が手や指に感じる）に通じます。それぞれにことばがリアル感を生みだします。

なにかの想い・メッセージを伝えたいときに、普通のことばではなかなか伝えられないことがあります。そのようなときには、読み手のイメージがふくらむようなことばを使いましょう。

例歌では、「方舟」という神話にでてくる表現から始めています。ノアの箱舟という独特な意味のあることばに乗せて読み手に神話の壮大な世界観とそのことに対する作者自らの想い・メッセージを伝えています。

このように、読み手のイメージがふくらむような的確なことばを歌の中に入れると、歌に込められた想いのイメージが広がったり、メッセージが伝えやすくなります。

ヒント29

「色」を取り入れて表現してみよう

例歌

褐色《かっしょく》の木を思わする腕振りてマレーの男が炎天に伐《き》る

鈴木英子『淘汰の川』

わたしたちの周りはさまざまな色彩であふれています。晴天の日の青い空や白い雲、街を見渡せば色とりどりの屋根や壁の色、樹木の色、行き交う人々の洋服や肌の色など。こうした色を歌に詠みこんでみるのもよいでしょう。

また、色はそのときの心持ちを伝えるために使うこともできます（P114「主な色のイメージ」参照）。短歌に色彩を盛りこむことで、歌の世界をより豊かに表現することができます。

解説

体を使った仕事をする人は引き締まって強くしなやかに見えます。ことにマレーシアの現地の人たちはしなやかな木のような褐色の腕で伐採にあたります。「伐る」とあれば、木を切ることで、漢字は同じ音でもそれぞれの意味で使えるので便利ですね。木の褐色、腕の褐色、そして炎天のギラギラとした太陽の色。その地の特有の光景を色に込めています。

覚えておこう❶

色が力強さを伝える

例歌にある褐色とは、「暗い黄赤」もしくは感じ方として「やや黒みを帯びた濃い茶色」の色のことを言います。色が頑健な肉体と力強さを物語っています。

覚えておこう❷

色のイメージを使って気持ちを表現する

そらいろのクレパス握る掌が天然の青ににじみてゆけり

鈴木英子『淘汰の川』

そらいろのクレパスは作られた色です。幼いころは空を塗るのに、この青いクレパスがあればよかったのですが、だんだん成長するにつれて色も単純ではないとわかってきます。昔の未熟な幼いころの自分を思いだしながらクレパスを握りしめていたら、私の手の上で、クレパスの色が天然のそらのいろのように変わってきたという、錯覚や幻想が作る色をうたっています。

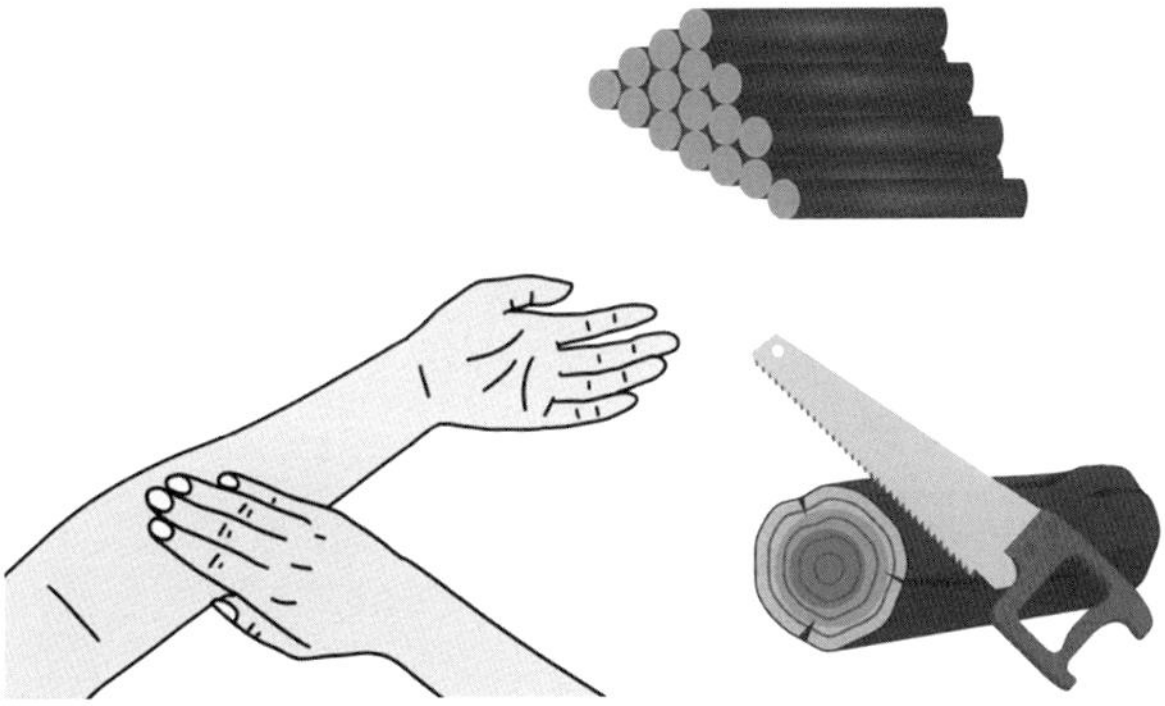

ヒント30

五感を意識して取り入れてみよう

歌のテーマは、自身に感じる心さえあれば、五感（視覚、聴覚、嗅覚、味覚、触覚）からもさまざまな切り口を見いだすことができます。

視覚

例歌

逆立ちて視る風景よわたくしは芯まで熱き地球儀の脚

鈴木英子『淘汰の川』

解説

逆立ちをしたとき、私は地球を押さえているとひらめきました。大きさはまったくバランスが取れませんが、これは地球儀とその脚の関係の形じゃないかと妄想したのです。

自分のそんな発見が楽しくてわくわくして、そこから見える風景はこの心の高まりのように見たことのないものを掴むようなものだろうと想像を掻き立ててみました。

聴覚

例歌

わが胎を戦場ゆける音のせり軍靴ざくざく歩める音せり

鈴木英子『油月』

解説

妊娠中のおなかにエコーを当てたときの様子です。皆さんもおなかの中の胎児のエコー写真は見たことがあるかも知れませんね。エコーを当てると、心音も聞こえます。男の子とわかり、私は戦争で若くして亡くなった青年たちを思いました。重い軍靴が歩く音のようなエコーの音。聞こえる音に、命は簡単なものではないと教えられています。

嗅覚

例歌

一匙《ひとさじ》のココアのにほひなつかしく訪《おとな》ふ身とは知らしたまはじ

北原白秋『桐の花』

解説

（かつてここで飲んだ）一杯のココアのにおいが懐かしく感じられてあなたのところにお訪ねしてみましたが、まさか私のことはご存じないでしょうね。

解説

においも意識してみるとさまざまな短歌が生まれます。草花のにおいに季節を感じたり、夕食のにおいに家族の団らんを感じたり、その種類や感じ方によってさまざまなテーマが見いだせるでしょう。

ちなみに例歌は、作者が二〇代に作った最初の歌集『桐の花』に収められた一首です。嗅覚は五感のなかで最も記憶に直結している感覚だと言われます。忘れられない甘いココアの香りが白秋にこの歌を詠ませたのでしょう。

味覚

例歌

花林糖ほろほろあまし眠りいる赤子のあなうら（注1）ゆったり温《ぬく》し

鈴木英子『油月』

注1　あなうら：足裏のこと

解説

「かりんとう」を漢字で書くと「花林糖」です。きれいですよね。そして楽しくなりませんか？　そんな気分が「ほろほろあまし」となりました。そしてその甘さに引き寄せられて、ああ、眠っている赤ちゃんのあまやかさにも似ているなと思いました。ミルクの匂い、石鹸の匂い、やわらかな足の裏。本当の味覚と感情の味覚を甘さで結びました。

触覚（皮膚感覚）

例歌

ぬくもりを残して君は旅立てり指先さむきわれは寝台

鈴木英子『淘汰の川』

解説

からだに、心に、ぬくもりを与えてくれた人がいなくなりました。ぬくもりも記憶として残ってはいますが、実際の私の指はさびしさに冷えるばかりです。ぬくもりという支えがいかに大きかったか、冷たい私はただその人を待つ寝台のように静かに存在するのです。ぬくもりからさむさ、そしてモノとなるという過程に、独自の皮膚感覚を込めました。

五感を意識して取り入れてみよう【まとめ】

覚えておこう❶

臨場感がより一層感じられる

ごく普通の人であれば、誰もが備わっている五感に訴える歌は、読む人の五感を刺激して遠い世界の出来事ではなく、身近にあることとして臨場感がより一層感じられる歌となるでしょう。

覚えておこう❷

読者と作者が同化して共感が得られやすい

歌と読み手が同化しやすく、歌のメッセージに共感が得られやすくなるというメリットもあります。

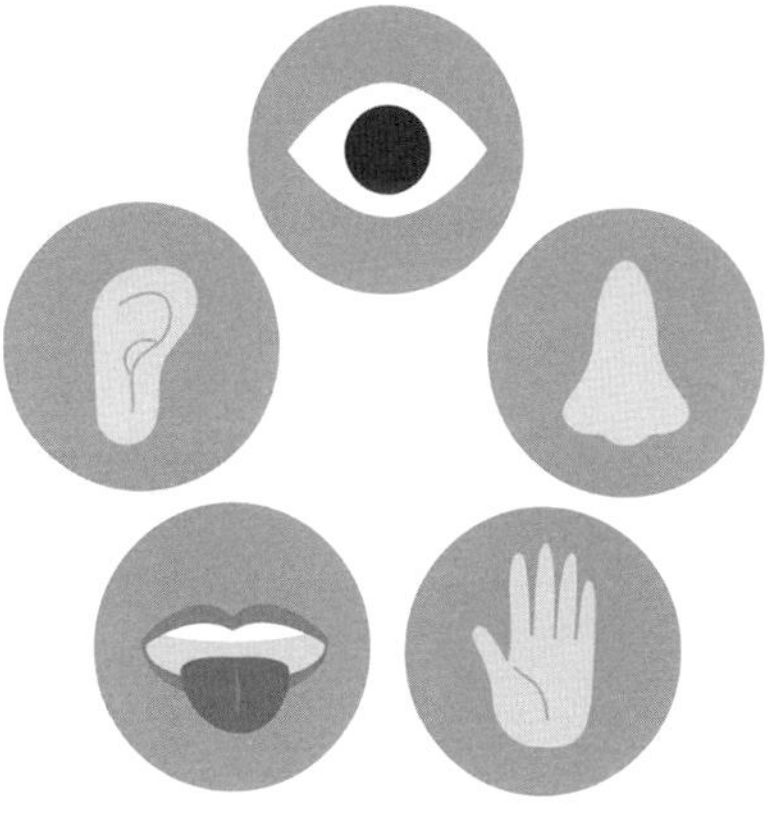

ヒント31

有名な作品を引用してみよう

例歌

「ひむがしの野にかぎろひの立つ見えて」サバンナで逢う古典の光

鈴木英子『淘汰の川』

有名なことばを引用して歌を作ることもできます。有名なことばの引用は、そのことばを発した人のイメージやことばのもつ世界観を歌に加えることができます。そのことによって歌に広さと奥深さを加えることができ、読み手に独特の感慨をもたらすことができるでしょう。詠み手が伝えたいことを表現する手法の一つとしてとても有効です。

解説

サバンナは建物などないから空も三六〇度見えます。柿本人麻呂《かきのもとのひとまろ》（※）の「ひむがしの野にかぎろひの立つ見えてかへり見すれば月傾《かたぶ》きぬ」は太陽と月が同時に空にある時間を詠んでいますが、サバンナでその情景と出逢ったんですね。あ！　これは！　と、この有名な歌が浮かびました。上の句を引けば歌一首が浮かぶ有名な歌を効果的に借りたのです。

※生没年未詳。『万葉集』の代表的歌人。三十六歌仙の一人。

覚えておこう❶

誰もが知る有名な人の言葉から世界観を借りよう

例歌の上の句は、『万葉集』に収められている歴史的に有名な柿本人麻呂の歌の一節です。

歌全体を現代語に訳すと「東の空は曙の太陽の光が差してきて、振り返って月を見ると西の空に沈んでいこうとしている」となります。引用された「ひむがしの野にかぎろひの立つ見えて」という一節には、「曙の太陽の光が差す」という印象的な光景が目に浮かびますが、引用者である作者は、歌全体の世界観を借りて、ことばには表してはいませんが、作品の中には月が同時に存在していることを読者に伝えています。

覚えておこう❷

引用と著作権

原則的に文芸作品からの引用は「　」（かぎかっこ）でくくるか、字下げをするなど引用部分を明瞭に示す必要があるとされています。しかし、著作権は、著作者（共同著作物の場合、最後に死亡した著作者）が死亡してから七十年以上経てば消滅するため、それ以前の古い作品からの引用は特に明示がなくても著作権上は問題はないとされています。

ヒント
32

他人が言った一言をそのまま取り入れてみよう

例歌

「歳ですから」と笑う教師がわれよりもふたつ若いと知る師走なり

鈴木英子『月光葬』

他人からふと言われた一言によって感情が動かされたり、あとあとまで心に残って長く忘れることができなかったりすることは誰もが持っている経験だと思います。そんな他人の一言を引用して歌にすることもできます。その一言で自分の内面でわき起こった感情や感じたこと、広がった想像などを歌にしてみましょう。

解説

子どもの学校の先生は私の直接の知り合いではなく、年齢をはっきり知る機会は少ないものです。たまたま先生が病欠されたあとの面談で、具合を尋ねたんですね。「歳ですから」。そして「年男で」と続いて、え？　それなら私より下？　って素早く頭の中で計算します。私は驚いたか、年齢を自分も意識したか、嫌だったか、この言葉から想像が広がりますか？

覚えておこう❶ 共感を得ることができる

例歌のように、人がふと口をついてでる言葉は、言った人の正直な内面を表していることが多いです。他人には聞こえないように「あー疲れた」や「もうやだ」って言ったりしませんか？　そんなつぶやき・一言の中にその人の正直な心の状態が表れるのです。そしてそのことは誰もが経験したことのあることで、歌にうまく取り入れることで共感が得られやすくなります。

覚えておこう❷ インパクトがある

詠み手のこころの声・真実のことばは、詠む人はもとよりその歌を読んだり聴いたりする人にも深い印象や衝撃を与えることでしょう。ぜひチャレンジしてみてください。

ヒント
33
他人の話を取り入れてみよう

例歌

ここでだけの付き合いと割り切ってるわ　私も割り切られているんだね

鈴木英子『油月』

前項と同じで、他人からの話によって感情が動かされることや記憶に残ること、あるいは心の傷となって残ることもあります。そんな他人の話を引用して歌にすることもできます。その話をきっかけとして自分の内面でわき起こった感情や感じたこと、広がった想像などを歌にしてみましょう。

解説

子どもが生まれると、子どもが同級生になるような親同士の付き合いが生まれます。子どもの都合による友だちです。そうは思っても子どものためにも良いお付き合いをしたいと思う私に、「子どもの小さい間だけの付き合いだから」と秘密のように言う人。秘密を分け合うように言われても、私だって割り切られている側だと淋しく理解するのです。

覚えておこう❶

共感を得ることができる

例歌では、「ここでだけの付き合いと割り切ってるわ」という話を聴いた作者の感情が動く様子をとらえて歌にしています。子どもの学校生活という限られた期間の中での親同士の人間関係に対して「そう言われてもなぁ、自分もそのうちの一人なのか…」という淋しい気持ちになることに共感を覚える人は多いでしょう。

覚えておこう❷

さまざまな想像が広がる

話は一言よりも情報量が多く、それだけに、その話の内容をきっかけにしてさまざまに想像を広げることができます。その想像からでてきたことばやイメージを歌にすると独特の世界観を持った歌を作ることができるでしょう。

ヒント34

つぶやきを詠み込んでみよう

作者の内面からの「つぶやき」には、そのときの心の動きや対象物・人への想いが込められることが多いです。一首の歌の中に作者自らのつぶやきを詠み込むことで、作者の豊かな内面やリアルな感情の動きを読み手に伝えることができます。

例歌

つき、つき、と空《くう》の光を指す娘　都会の夜は月ばかりだね

鈴木英子『月光葬』

解説

「そら」だと青空の方が思い浮かべやすくなるかと思い、「くう」とルビを振りました。ネオンの光に満ちている都会の夜は、「そら」よりも「くう」が似合いそう。「つき」という言葉を覚えた子は、暗いところでの光を「つき」と指さします。月は本当は一つだけれど、娘にとってはどれもが「つき」。下の句はそれをいとおしく受けてのつぶやきです。

覚えておこう❶

対象となる物や人と同化して読み手の心を動かす

例歌では、ひとマス空けで上の句と下の句を分け、上の句では娘の様子を、下の句では作者の気持ちをつぶやきとして表しています。対象となる娘と作者（母）の気持ちが同化できたからこそ詠むことができる歌です。

覚えておこう❷

インパクトがある

詠み手のこころの声・真実のことばは、詠む人はもとよりその歌を読んだり聴いたりする人にも深い印象や衝撃を与えることでしょう。ぜひチャレンジしてみてください。

ヒント
35

数字を有効に使ってみよう

例歌

腹立ちて紙三枚をさきてみぬ四枚目からが惜しく思はる

中原中也

解説

(思い通りの作品が書けずに)腹が立って原稿用紙を三枚破ったが、四枚目を破ろうとしたときに紙がもったいないと思った。

現代よりも物がはるかに貴重だった時代のこと。お金に余裕のある生活をしていたわけではない作者の心情がにじみでていますね。

固有名詞と同様の効果をもつ表現方法に数詞を用いる方法があります。人の感情や動作、場所、モノ、空間、距離などを表現するとき、単に「辛い、悲しい、惜しい、嬉しい、楽しい」「高い、低い」「広い、狭い」「大きい、小さい」「長い、短い」「重い、軽い」などの抽象的なことばより、数詞を使ったほうが作者が伝えたいことを明確に伝えることができます。

覚えておこう❶

リアリティをだすことができる

たとえば「高い」「低い」「小さい」「大きい」などの抽象的なことばをいくら羅列しても、読み手の感じ方は個々に違っており、作者が伝えたいことを正確に伝えることは難しいでしょう。しかし、具体的に数詞を使うことによって現実感が伴うことで、作者の意図が伝わりやすくなります。

覚えておこう❷

感情表現として使うと説得力とインパクトを与えることができる

怒りたるあとの怒《いかり》よ仁丹の二三十個をカリカリと噛む

中原中也

同じ中原中也の歌ですが、怒りを表す表現として「二三十個」という表現が生きてきます。

一個や二個ではなく、十個でもない二、三十個ということばに、抑えようとしても抑えきれない怒りの感情を感じとることができます。ちなみに、気持ちがいら立っているときに「カリカリする」と言いますが、その語源は、このように固い物をかみ砕いたり引っかいたりするときの音からきています。

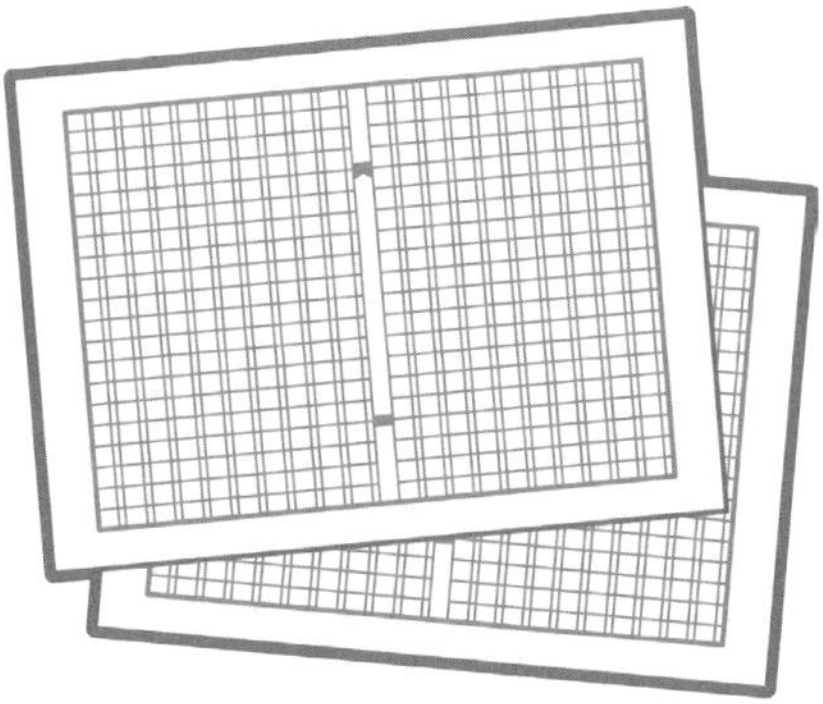

主なカラーに付帯するイメージ一覧

主な色のイメージ

色の和名 （色を省略）	英単語の カタカナ表記	一般的なイメージ
白	ホワイト	新しさ、清潔さ、純粋さ、清廉潔白　など。
黄	イエロー	豊かさ、明るさ、幸福感、賑やかさ、注意　など。
緑	グリーン	自然、平和、新鮮、幼さ、若さ、未熟さ　など。
橙	オレンジ	元気、活発、フレッシュさ、暖かさ　など。
青	ブルー	知的、冷静、清潔、爽やか、悲しさ、寂しさ、未熟さ、の若さ　など。
赤	レッド	情熱、攻撃性、積極性、怒り、注意　など。
桃または桜	ピンク	優しさ、かわいらしさ、やわらかさ　など。
紫	パープル	神秘性、高貴さ、古典的な感じ　など。
灰	グレイまたはグレー	控えめ、あいまいさ、不正、不明瞭さ　など。
黒	ブラック	高級感、強さ、威圧感、恐怖、暗闇　など。

第4章

上達するための楽しい習慣

ヒント
36

名歌鑑賞をして感性、表現力を磨こう
～監修者おすすめの歌人、短歌～

あなたからきたるはがきのかきだしの「雨ですね」さう、けふもさみだれ〈松平修文『水村』〉

「あなた」がはがきを書いた日は雨だったんですね。受け取った日も、雨だったのでしょう。何日か前の雨と、今日の雨が重なり、あなたと私も重なります。受け取った日は雨は降っていないけれど、「雨ですね」の文字に幻想の雨が降ってきたかもしれません。語りかけるような「雨ですね」はそんな力があります。「雨」のみが漢字の独特な表記です。

解凍してお読み下さいわたくしの圧縮したる三十一文字は〈久々湊盈子《くくみなとえいこ》『麻裳《あさも》よし』〉

万葉から続く短歌。今もなお親しまれているのは、新しい風潮や文化、文明が生まれると、すっとすくい取れる手腕を発揮してきたからでもあります。「解凍」「圧縮」がコンピューターに関わる用語として、従来の使い方に追加されたとき、それを短歌の読み方に置き換えるという洒落た機智で詠われた一首です。

ファスナーで胸元裂いてぐらぐらとわたしのなかの夕闇を出す〈山崎聡子『青い舌』〉

洋服を脱ごうとファスナーを下げる、これは日常的なことですが、「胸元裂いて」と切迫感のある表現で迫ってきます。裂かれた胸の内側には夕闇。体の中に夕闇の暗さを宿しているというのです。しかも暗いだけではなく、「ぐらぐらと」。安定していない「ぐらぐら」なのか、燃え立つような「ぐらぐらと」なのか、探ろうと惹きつけられる歌です。

やはらかい春の日ざしをからませてフレアスカートのやうなおしやべり　〈大西久美子『イーハトーブの数式』〉

洋服を小道具に、気分を演出したりするのも、映像が描けて豊かに読めます。「フレアスカート」の響きは春のやわらかさにぴったり。明るいけれどうるさいわけではない、優しいほのぼのとしたおしゃべりの輪が見えてきます。ファッションのアイテムもこんなふうにいきいきと活躍してくれます。

ゆふぞらに風の太郎がひろげゆくあかがねいろの大風呂敷は　〈永井陽子『モーツァルトの電話帳』〉

想像性にうっとりします。風の太郎（太郎がこの歌にはぴったりですね）が、あかがねいろ（銅のような赤黒く光沢のある色）の大きな風呂敷をひろげてゆくと、空が染まってゆく様子をうたっています。「ゆふぞら」「あかがねいろ」の平仮名が、童話のような趣きを無理なく加えてくれています。どの文字を使うかで歌の印象は自在に変わるのですね。

含み笑いをしながら視線逸らしたる生徒をぼくの若さは叱る　〈染野太朗『あの日の海』〉

ちょっとした表情が思いがけなく強く挑発してくることって、どんな関係でもありますね。これは教師の立場で、生徒の表情に苛立ってしまった瞬間です。丁寧に動く表情、笑う口元まで見えるように描きます。頭ではわかっていながら、ぼくの中の「若さ」が黙っていられなかった。自分をおさめるべきかどうか、考えさせる余韻が残ります。

まざまざと見る横顔は秋早きさんまわづかに受け口である　〈今野寿美『かへり水』〉

生き物の顔は誰かに似ていると思ったりして、愉快な時がありますね。これはさんま。生き物の中でも、ほとんど横顔しか見ていないのは魚くらいだと気づきます。横顔全体を見せたあと、「わづかに受け口」でちょっと引っ込んださんまの口元が大写しになり、慎ましやかなその口元が愛らしく見えてきます。誰かの口元を思い出す人もいるでしょうか。

現代という同じ時代を生きた歌人、生きる歌人の作品を紹介しています。インターネットや図書館でも調べればもっと作品にふれられます。現代短歌の豊かな世界を楽しんでください。

ヒント
37

吟行《ぎんこう》に出かけよう

例歌

ラワン材積みたる車と擦れ違うあれは私の国へ行く木々

鈴木英子『淘汰の川』

解説

建材や家具に使うラワン材を、ある時期、日本は世界で一番輸入していました。マレーシアで鬱蒼と繁っていると見える森林が、実は上から見ると隙間ができてきていると、現地のガイドさんが言いました。トラックにわっと載せられた私の国へ行くために伐られた木々。吟行はそこでだけの発見や、味わった気持ちを残せる大切な機会になりますね。

覚えておこう❶
忘れずに持って行くもの

吟行の必需品となるのが、バッグやポケットなどに入れられる小さめのノートやメモ帳、そして筆記具やカメラです。もちろん、それらの代わりにスマートフォンを使ってもいいでしょう。

覚えておこう❷
その場で完成しなくてもいい

その場で五・七・五・七・七の歌を完璧に作らなくても構いません。たとえば、吟行のときに浮かんだ五・七・五をメモしておきます。そのかけらが頭の片隅にあると、後日、ふとした瞬間に七・七が浮かんでくるということはよくあることです。

部屋に閉じこもって創作に思いをめぐらすということもいいのですが、たまには家の外に出てさまざまな刺激を受けながら短歌をつくるのもいいものです。

そのように独りで、もしくは何人かのメンバーと一緒に作歌のために街を歩いたり、公園や美術館、歴史館などの特定の場所に行くことを「吟行」と言います。

家の外に出ると、道ゆく人や自転車、コンビニやスーパー、公園、学校、飲食店などさまざまな物・人に出会います。それらすべてが刺激となり、長時間机に向かっていてもでてこない発想が、歩くことで、風に吹かれることで、ぽっと浮かんできます。いつもと異なる景色のなかで短歌のタネを探すというのは、作歌のいいトレーニングになります。自分の目が見て、耳が聞いて、肌が感じたことを素直にすくいとりましょう。何よりも、自分の心が動く、〝気になる〟という感覚を大切にしてください。

ヒント 38

歌会《うたかい》に参加しよう

歌会とは、互いに詠んだ短歌を発表し批評し合う会のことです。特定の場所に集まる場合もあれば、ネット歌会（WEB歌会）という、オンライン形式の歌会もあります

歌会に参加する利点としては、

①いろんな人から批評してもらうことにより上達のスピードがあがる
②さまざまな意見を聞くことにより短歌に対する洞察を深め、短歌の本質を掴む力を養うことができる
③短歌だけに向き合う時間を過ごすことができる
④志を同じくする人たちとの輪が広がる

などがあります。

歌会の主催

歌会を主催している個人・団体には、主に四つの形態があります。

①全国的な歌人の協会や互助団体の歌会
②結社の歌会
③歌人が個人で行っている歌会
④大学短歌会

参加する際は、中学生・高校生が参加できるかどうかをホームページや電話などで確認してみましょう。

歌会のルール

歌会は事前に短歌（詠草）の提出が求められます。
詠草の種類には「自由詠」、「題詠」、「テーマ詠」があります。
・自由詠…作者自身がテーマや素材を選んで詠む歌のこと
・題詠…設定された題を作品に入れて詠む歌のこと
・テーマ詠…設定された題や素材から詠む歌のこと。原則的に、内容が題に沿っていれば、題を作品に入れなくても構わない

歌会に参加する際のマナー

参加する際は、事務局、あるいは窓口となっている人に事前に連絡をして参加したい旨を伝えましょう。その際、下記のことをあらかじめ確認しておくといいでしょう。
・「自由詠」「題詠」「テーマ詠」のどれか？
・題詠やテーマ詠であれば、題はなにか？
・テーマ詠であれば、念のために短歌にその題を入れる必要はあるかを聞く
・題詠やテーマ詠であれば、題はなにか？
・短歌にその題を入れる必要はあるか？

ヒント 39

短歌日記を書こう

小学生のころ、夏休みの宿題で絵日記を書いた人も多いと思います。短歌日記は、絵日記のようなものです。毎日一首、日付や天候とともに、その日感じたことや見た景色などを短歌で描いてみましょう。

短歌日記は、〝短歌をつくることを習慣にする〟という点に意義があります。日々の暮らしのなかで感じた何気ない瞬間を短歌にすることが、上達への、遠いようでいちばんの近道なのです。

短歌日記のいいところを整理します。①五・七・五・七・七の定型があるので続けやすい　②自分の記録（自分史）として長く残すことができる　③物事への洞察力がつく

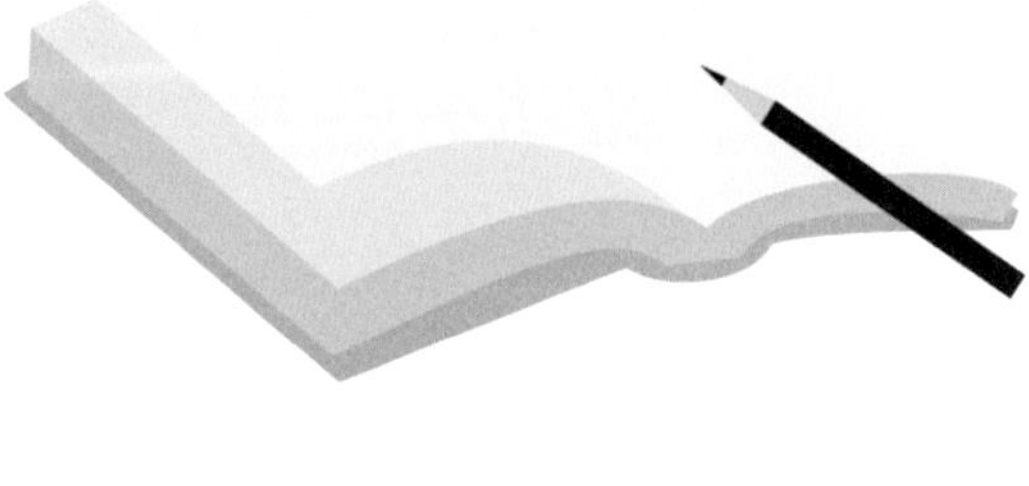

①五・七・五・七・七の定型があるので続けやすい

ふつうの日記だと、文字数が決まっていないのでだらだら長い文章になりがちです。次第に大変な作業だと感じるようになり、結果的に三日坊主になってしまうのです。決まった型があることがあらかじめわかっていると取りかかる気持ちが楽なので、必然的に長く続けやすいのです。

②自分の記録（自分史）として長く残すことができる

「この出来事を残したい」「この気持ちを残したい」と思うことがあっても、その多くは記憶に残らず、日々そのときどきの出来事や感じたこと、思いなどの記憶は上書きされていきます。そんな儚《はかな》いことだからこそ、自分の記録（自分史）として残しておきたいものです。短歌日記はその役割を担います。

③物事への洞察力がつく

短歌を詠むことを意識しながら過ごすようになると、「これも短歌のタネになる！　これも…」と、平凡な日常に対する洞察力がつきます。

短歌のタネはあなたが送る日々のそこかしこに落ちています。短歌は俳句と違って季語も必要ありません。必要なのは、自分の心が動いたり、なにかを発見したりするきっかけです。この本をきっかけにして、さぁ、あなたも今日から気軽に短歌日記を始めてみましょう。

ヒント 40

ジュニア短歌大会・コンクールに参加しよう

短歌をつくることに慣れてきたら、作品を発表してみましょう。

新聞、雑誌、全国的な歌人の協会など、応募先はたくさんあります。

当然、選考は厳しく、高い評価を得て選ばれることは簡単ではありませんが、その分選ばれたときの嬉しさは格別です。

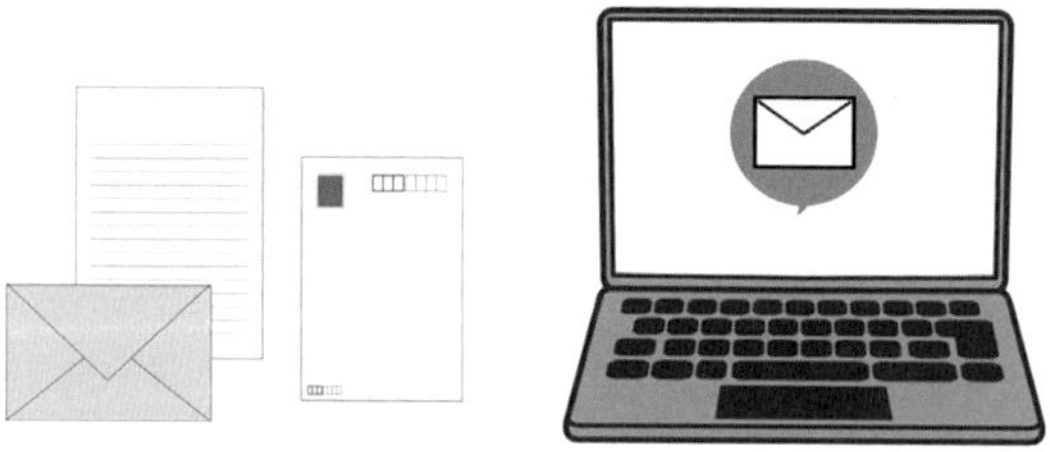

【主な短歌投稿先一覧】

※応募の詳細は各機関に直接お問い合わせ、または、ネット等でお調べください。

新聞／媒体名	受付窓口	投稿先・送付先 URL ほか
朝日新聞	朝日歌壇	〒104-8661 晴海郵便局私書箱300「朝日歌壇」。 無地のはがき1枚に1作品、作品の横に住所、氏名、電話番号を明記。
毎日新聞	毎日歌壇	〒100-8051 毎日新聞学芸部　毎日歌壇　○○先生（希望選者名）係 https://mainichi.jp/kadan-haidan/
読売新聞	読売歌壇	〒103-8601 日本橋郵便局留「読売歌壇、○○先生（希望選者名）係」 以下のフォームでネットからの投稿も可。 https://form.qooker.jp/Q/ja/utahai/toukou/
日本経済新聞	日経歌壇	〒100-8658 日本郵便銀座郵便局私書箱113号、日本経済新聞「歌壇」係。希望選者名を明記のこと。メールでも可。 shiika@nex.nikkei.co.jp
東京新聞	東京歌壇	〒100-8525 東京新聞文化芸能部歌壇・俳壇係 詳細は下記参照。 https://www.tokyo-np.co.jp/f/kadan
産経新聞	産経歌壇	https://www.sankei.jp/inquiry/posting
雑誌		
ダ・ヴィンチ（月刊）	短歌ください係	https://ddnavi.com/davinci/tanka/
全国的な歌人の団体		
日本歌人クラブ	全日本学生・ジュニア短歌大会	https://www.nihonkajinclub.com/
その他		
富士山大賞	http://gtoe.sakura.ne.jp/fujisantaisho/ 問い合わせ先　FAX:03-3321-0268 メール :fujisantaisho@gmail.com	

（出典：各HPより、2023年1月現在）

【本書掲載作品の歌人のプロフィール】

正岡子規［※1］［一八六七〜一九〇二］（慶応三〜明治三十五）俳人・歌人。愛媛県生まれ。

本名は常規《つねのり》、別号に獺祭書屋《だつさいしょおく》主人・竹の里人《さとびと》等。

俳諧の新たな史的考察によって俳句革新を志し、新聞「日本」紙面にて「獺祭書屋俳話」を連載。また、「文界八つあたり」（一八九三）、「俳諧大要」（一八九五）などを書いた。次いで一八九八年に『歌よみに与ふる書』を発表し、根岸短歌会を結成して短歌革新にも力を尽した。因習にとらわれ、旧態依然とした旧派の歌人を攻撃し、「百中十首」（一八九八）をもって、短歌に破天荒で斬新な手法をもたらした。

与謝野晶子［※2］［一八七八〜一九四二］（明治十一〜昭和十七）歌人、詩人。本名しょう。旧姓鳳（ほう）。大阪府生まれ。

家業の菓子商を手伝いながら古典を独習。一九〇〇年、「明星」（東京新詩社）に加入した際、当時既婚者であった主宰者与謝野寛（鉄幹）と恋愛関係になり結婚に至る。大胆な官能の解放と奔放で情熱的な作風は浪漫主義運動に一時代を画した。その活動範囲は、小説、詩、評論、古典研究など多方面にわたり、多くの業績を残した。作品は処女歌集『みだれ髪』をはじめ、『小扇《こおうぎ》』、『佐保姫《さおひめ》』、『青海波《せいがいは》』など二十数冊を数える。

石川啄木［※3］［一八八六〜一九一二］（明治十九〜四十五）歌人・詩人。岩手県生まれ。本名、一（はじめ）。

県立盛岡中学在学中に「明星」系の浪漫主義文学に触れて詩人を志す。与謝野鉄幹との知遇により、東京新詩社の同人となって「明星」誌上で詩を発表し、一九〇五年には処女詩集『あこがれ』を刊行して詩人としての将来を嘱望された。しかし生活には常に恵まれず、貧困にあえぎながらも職を求めて放浪する中で、生活をテーマに短歌を詠んだ。一九一〇年には歌集『一握の砂』を刊行して生活歌人としての地位を築いた。その後、貧窮のうちに結核で二十七歳の短い生涯を閉じた。

北原白秋［※4］［一八八五〜一九四二］（明治十八〜昭和十七）

詩人、歌人。本名隆吉。福岡県生まれ。早大英文中退。芸術院会員。

一九四一年「パンの会」を創設して耽美《たんび》主義文学運動（注）を推進。明治、大正、昭和における短歌、詩、童謡、歌謡、民謡など幅広い領域で活躍した。生涯を通して多彩で旺盛な創作活動から、国民詩人として親しまれた。代表作に歌集『桐の花』、詩集『邪宗門』『思ひ出』などがある。

斎藤茂吉［※5］［一八八二～一九五三］（明治十五～昭和二十八）
歌人、精神科医。山形県生まれ。
東大医科卒。一高（当時／現東京大学）在学中の一九〇五年、正岡子規の「竹の里歌」に感動して作歌に打ち込む。一九〇六年より伊藤左千夫に師事して「馬酔木《あしび》」に参加する。一九〇八年「アララギ」が創刊されると、左千夫を助けて編集や作歌、歌論に活躍し、大正から昭和前期にかけてアララギの中心人物となる。代表作に歌集『赤光《しゃっこう》』や『あらたま』などがある。

塚本邦雄［※6］［一九二〇～二〇〇五］（大正九～平成十七）
歌人、小説家、評論家。滋賀県生まれ。
戦後商社に入社し、勤務しながら、塚本春雄（兄）の影響で作歌を始める。一九六〇年代、寺山修司、岡井隆らとともに前衛短歌の中心的存在となる。一九八五年に短歌結社「玲瓏《れいろう》」を設立して機関誌「玲瓏」を創刊した。また、一九九〇年より近畿大学文芸学部教授としても後進の育成に励んだ。歌集に『水葬物語』『水銀伝説』、評論に『定家百首』『茂吉秀歌』などがある。

中原中也［※7］［一九〇七～一九三七］（明治四十～昭和十二）詩人・歌人・翻訳家。山口県生まれ。
東京外国語学校（現東京外大）卒。高橋新吉の影響で短歌から詩に転じる。また、京都での知人の富永太郎を通じてフランス象徴派の詩人を知り、フランス象徴派へ傾倒した。特にランボー、ベルレーヌの影響を強く受けた。中也が詩壇に認められるようになったのは一九三〇年代半ばから。しかし、一九三六年の長男の死によって精神の均衡を失い翌年結核性脳膜炎を発病してわずか三十一年の人生に幕を閉じた。作品には詩集『山羊の歌』『在りし日の歌』がある。

注：耽美主義文学運動とは、十九世紀文学の主流となった写実主義、自然主義に対して、現実社会にとらわれずに美を追究することに最高の価値を見い出す芸術至上主義運動のこと。

■監修者

鈴木英子
1962年東京下町に生まれる。

中学時代、石川啄木を読み、短歌を作りたいと思うようになる。高校生になり、短歌添削教室に入会。新井貞子に出会い、以降師事。国学院大学在学中は「短歌研究会」に所属。

第一歌集『水薫る家族』を23歳で出版。やなせたかし氏責任編集の「詩とメルヘン」にて特集「若き歌人の日々」が組まれる。短歌（新井貞子、鈴木英子作品）にやなせ氏の絵を合わせての「燃える愛」展を開催。

2022年に16回を迎えた「全日本学生・ジュニア短歌大会」（日本歌人クラブ主催）には発足準備より関わり、選者として現在に至る。出張授業の依頼も多い。

歌集は以後、『淘汰の川』『鈴木英子集（『油月』所収）』『月光葬』。

日本歌人クラブ中央幹事、現代歌人協会会員、歌誌「こえ」（新井貞子創刊）代表。

＜制作スタッフ＞

●編集・制作プロデュース　有限会社イー・プランニング
●編集　須賀柾晶
●本文デザイン　小山弘子
●イラスト　田渕愛子、Mr.A
●短歌掲載協力校（順不同）
三沢市立堀口中学校、仙台市立郡山中学校、都立小石川中等教育学校
飛騨神岡高等学校、吉城高等学校、斐太高等学校（以上3校岐阜県立校）
東京学館新潟高等学校、常葉大学附属橘高等学校

参考文献：
『基礎からわかるはじめての短歌　上達のポイント』高田ほのか監修、メイツ出版

中高生のための 短歌のつくりかた
詠みたいあなたへ贈る40のヒント

2023年　3月 5日　　第1版・第1刷発行
2023年　11月10日　　第1版・第3刷発行

監修者　鈴木 英子（すずき ひでこ）
発行者　株式会社メイツユニバーサルコンテンツ
　　　　代表者　大羽 孝志
　　　　〒102-0093 東京都千代田区平河町一丁目1-8
印　刷　株式会社厚徳社

◎『メイツ出版』は当社の商標です。

ご意見・ご感想はホームページから承っております。
ウェブサイト　https://www.mates-publishing.co.jp/

企画担当：野見山愛里沙